Paula Havaste (geb. 1962) ist promovierte Philosophin, die Managerin der Programmentwicklung im Finnish Science Centre und Mutter von drei Kindern. Sie hat bereits drei historische Romane veröffentlicht und Kinderliteratur erforscht, übersetzt, herausgegeben und besprochen. *AUSGEWICHTELT* ist ihr erstes Weihnachtsbuch.

Paula Havaste

Ausgewichtelt

Ein Weihnachtsroman

Aus dem Finnischen von
Gabriele Schrey-Vasara

Innenillustrationen von Riikka Jäntti

BASTEI
LÜBBE
TASCHENBUCH

BASTEI LÜBBE TASCHENBUCH
Band 16505

1. Auflage: November 2010

Vollständige Taschenbuchausgabe

Bastei Lübbe Taschenbuch in der Bastei Lübbe GmbH & Co. KG

Deutsche Erstausgabe

Titel der finnischen Originalausgabe: »Joulupukin tarina«
Originalverlag: Gummerus Kustannus Oy

Titelillustration: www.tripicchio.de
Umschlaggestaltung: Christin Wilhelm
Satz: hanseatenSatz-bremen, Bremen
Gesetzt aus der Stempel Garamond PostScript
Druck und Verarbeitung: CPI – Ebner & Spiegel, Ulm
Printed in Germany
ISBN 978-3-404-16505-6

1

Als der Weihnachtsmann in seiner neu gebauten Hütte dem Korvatunturi nahe am Polarkreis aufwachte, freute er sich über das helle Licht, das durch das kleine Fenster fiel. Die rauen Dielenbretter kitzelten ihn an den Fußsohlen, als er barfuß zur Tür ging und sie aufstieß. Herrlich! Kalte Frostluft und einige schimmernde Schneeflocken wehten herein. Der Hof, der Wald und der Fjell waren endlich weiß. Die ganze letzte Woche hatte er den Schnee herbeigesehnt.

Der Weihnachtsmann lauschte auf die Stille ringsum und rieb gedankenverloren den Zauberstein, einen Polarlichtstein, den er um den Hals trug. Der Stein fühlte sich warm und leicht an, haargenau so, wie sich auch der Weihnachtsmann fühlte. Der Neuschnee strahlte tiefen Frieden aus, und der Weihnachtsmann verspürte beim Anblick der lappländischen Landschaft zugleich Einsamkeit und eine Art feierliches Glück. Wie schön war es doch, in einem selbst gebauten neuen Haus zu erwachen.

Er reckte sich wohlig.

»Pju! Bist du der Weihnachtsmann?«, hörte er plötzlich eine hohe Stimme fragen.

Erschrocken sprang der Weihnachtsmann in seine Hütte zurück. Direkt vor seiner Nase war mit einem Mal ein spitzer schwarzer Schnabel aufgetaucht. Ein

fingerlanger grauer Vogel hatte sich vor ihm an die Traufe gekrallt.

»Man sagt, hier haust einer, der sich Weihnachtsmann nennt.«

Der Weihnachtsmann sah sich das wippende kleine Wesen, das da vor ihm hing, genauer an. Flanken, Bauch und Flügel waren grau, den einzigen Schmuck bildete ein schwarz glänzender Fleck auf dem Kopf. Bei dem

Vögelchen handelte es sich also um eine ungewöhnlich kleine und zerzauste Sumpfmeise.

»Das bist bestimmt du, auch wenn man mir gesagt hat, der Weihnachtsmann sei nicht mundfaul. Aber ansonsten stimmt die Beschreibung: weißer Bart und dicker Bauch«, ließ es nun vernehmen.

Der Weihnachtsmann zog empört den Bauch ein. Jaja, er war ein bisschen mollig, das ja, aber doch nicht dick!

»Ja, ich bin der Weihnachtsmann. Und wie heißt du, kleine Sumpfmeise?«

»Du kannst mich Kyksi nennen«, sagte der zauselige Vogel und legte den Kopf schräg.

Der Weihnachtsmann gab sich alle Mühe, nicht zu grinsen. Kyksi? Da hatte der kleine Vogel sich ja einen prächtigen Namen zugelegt.

»Guten Tag, Kyksi. Wohnst du hier im Wald?«

»Jetzt nicht mehr. Ich dachte mir, ich ziehe auf deinen Hof und helfe dir, verstehst du? Man kann nie wissen, ob du mich nicht bald für eine Heldentat brauchst.«

Das amüsierte den Weihnachtsmann. Helden von der Größe dieses Vögelchens wurden selten gebraucht, aber, nun gut, warum sollte das Federbällchen sich nicht für großartig halten? Er lachte freundlich und strich der Sumpfmeise mit dem Zeigefinger über die Halsfedern. Der Vogel hüpfte gleich von der Traufe auf den Arm des Weihnachtsmannes und flatterte mit den Flügeln. Offenbar hatte er Schwierigkeiten, sich zu putzen, denn die Schwanzfedern standen in alle Richtungen ab.

»Weißt du, Weihnachtsmann, irgendwann vollbringe ich eine so unglaubliche Heldentat, dass sich sogar das

Polarlicht vor mir verneigt. Aber heute noch nicht und auch nicht nächste Woche, denn es gilt, zuerst Kraft und Mut zu sammeln. Deshalb brauche ich viel Futter und gute Pflege.«

»Oho! Du willst also ein Freund des Polarlichts werden. Fressen Helden wie du eigentlich viel?«

»Natürlich, ich brauche fünfzehn Körner am Tag – und die ersten jetzt sofort. Zieh dir schnell die Schuhe an und komm!«

Der Weihnachtsmann schlüpfte auf kalten Füßen in die Hütte, um sich anzuziehen. In den mit weichem Heu gefüllten Rentierlederstiefeln, deren Spitzen nach oben gebogen waren, wurden seine Füße rasch wieder warm. Einen Pullover, eine Rentierpelzjacke, einen Hut aus Rentierleder und Fausthandschuhe, dann war der Weihnachtsmann fertig.

»Gute Ausrüstung«, lobte Kyksi, legte den Kopf schräg und beobachtete den Weihnachtsmann, der zum Speicher ging, aus der Getreidekiste fünfzehn Körner abzählte und sie dem Vögelchen anbot.

»Du glaubst doch wohl nicht, dass ich die so fresse!«, empörte sich Kyksi.

»Ach! Soll ich dir Brei kochen?«

»Vögel mögen keinen Brei. Du musst die Körner zerquetschen, sonst sind sie zu hart zum Schlucken. Aber vorsichtig, damit sie nicht zu Mehl werden, sondern zu platten, leckeren Graupen.«

Der Weihnachtsmann zerdrückte die Körner behutsam zwischen zwei Steinen und bot sie erneut der Sumpfmeise an, die jedes Korn einzeln aufpickte und in ihrem schmalen schwarzen Schnabel verkostete.

»Mmh, ein guter Jahrgang. Vollmundig, süffig und reich im Geschmack, rauchiges Bouquet. Und dieses ist saftig und angenehm würzig, mit überraschend viel Nachgeschmack.«

Nachdem die Meise alle fünfzehn Körner verspeist hatte, begannen ihr die Augen zuzufallen.

»Danke, Weihnachtsmann, jetzt bin ich satt. Ich werde mich wohl unter die Traufe setzen und ein Nickerchen machen.«

Mit kugelrundem Bäuchlein flatterte sie in ihre neue Behausung, legte einen Flügel über den Kopf und schlief zufrieden ein.

Der Weihnachtsmann schmunzelte und blickte sich auf seinem Anwesen um. Was er sah, gefiel ihm: eine neue Hütte mit einem hübschen Fenster und einem Schornstein, ein guter Speicher mit einer Getreidekiste, ein zweiter Speicher gleich daneben und eine alte Sauna am Ufer. Hier ließ es sich gut ausruhen.

Und Ruhe brauchte er, denn Weihnachten lag erst einige Wochen zurück. Die zaubermächtige Weihnachtsnacht raubte ihm immer für lange Zeit die Kraft, doch die Erschöpfung wurde tausendfach aufgewogen durch das Gefühl, das ihn überwältigte, wenn der Zauber durch seine Adern rauschte. Dieser Zauber eroberte ihn nur einmal im Jahr, immer nur für eine Nacht. Den Rest des Jahres verbrachte er damit, auf die nächste magische Nacht zu warten.

Der Weihnachtsmann seufzte. Er musste noch lange warten. Da war es besser, im Heute zu leben und zu genießen, was ihn umgab.

Es versprach ein schöner Tag zu werden. Der nasse

Schnee, der in der Nacht gefallen war, bedeckte die Bäume und Büsche mit einer dicken schweren Schicht, die im winterlichen Licht der aufgehenden Sonne schimmerte. Da der Schnee bereits kniehoch lag, hätte der Weihnachtsmann sich die langen Holzskier an die Schuhe binden können. Auf Skiern war es leicht, von Fjell zu Fjell zu gleiten, und über die Eisdecke auf Bächen und Seen gelangte man auch mühelos in die Wälder und Moore. Andererseits lag noch so wenig Schnee, dass man nicht unbedingt Skier brauchte. Bald würde die Schneedecke höher werden, und dann hatte man lange genug Gelegenheit zum Skilaufen. Deshalb beschloss der Weihnachtsmann, noch einmal zu Fuß loszuziehen.

Der Schnee war so frisch, dass die Tiere des Waldes noch keine Spuren hinterlassen hatten. Der Weihnachtsmann stapfte aus purem Vergnügen kreuz und quer durch den Wald und hinterließ dabei lustige runde Fußabdrücke. Er ging über einen gefrorenen Sumpf auf den Fjell zu. Unterwegs grüßte er zwei in der Ferne vorbeilaufende Waldrene, reichte einem Buntspecht den Fichtenzapfen, der ihm aus dem Schnabel gerutscht war, und schlichtete den Streit der Birkhähne, die sich im Kiefernwald zankten. Nachdem er den Sumpf überquert hatte, wollte er sich zu einer kurzen Rast unter eine kleine Kiefer setzen. Er streifte die Fäustlinge ab, legte sie als wärmende Sitzunterlage im Schnee zurecht und zog die Ärmel über die Finger. Dann setzte er sich hin, schloss die Augen, lehnte sich an den Baum und genoss den sanften Frostwind, der ihm über das Gesicht strich.

Plötzlich klatschte ihm ein Klumpen Schnee aufs Gesicht, der ihm am Hals entlang geradewegs in den Pullover rutschte. Der Weihnachtsmann schrie auf.

Auf einem Ast direkt über ihm kicherte ein Unglückshäher so heftig, dass das weiße Büschel oberhalb seines Schnabels zitterte. Dann flog er zur nächsten Kiefer, sauste zwischen den verschneiten Ästen hin und her und pickte mit seinem spitzen Schnabel zwischen den Kiefernnadeln allerlei Delikatessen auf. Der Weihnachtsmann wischte sich den Schnee vom Gesicht.

»He, Unglückshäher, du hast mir gerade ein Schneebad verpasst. Hättest du wohl Zeit, mir zu erzählen, was es Neues gibt?«

Der Vogel hielt inne und schluckte die Leckerbissen hinunter, die er im Schnabel gesammelt hatte.

»Na ja, das lässt sich einrichten. Du hast dich lange nicht im Wald blicken lassen, weil du so eifrig gebaut hast. Ist dein Haus jetzt fertig?«

»Letzte Nacht habe ich zum ersten Mal darin geschlafen. Es war aber auch eine Mordsarbeit. Zuerst habe ich im Sommer die Rundbalken hingeschleppt und an beiden Enden Kerben eingeschnitten. Als ich sie dann in die Einschnitte eingepasst habe, wurde aus den Balken eine dichte Wand. Die Ritzen habe ich dann noch mit Moos zugestopft und das Dach mit einer dicken Schicht von Platten aus Birkenrinde abgedeckt, damit das Haus dicht und warm wird.«

»Dort wohnt es sich bestimmt gut. Ich habe auch eine Neuigkeit: Du hast wohl schon von Sampo Lappalainen gehört?«

»Du meinst den, der sich zum Berg des bösen Staalo

gewagt und ihm sein bestes Zauber-Rentier weggenommen hat?«

»Genau den. Sampo hat sich hier niedergelassen. Er ist gleich nach Weihnachten mit seinen Rentieren hergezogen. Erinnerst du dich an die verlassene Hütte am Bergbach, nördlich von hier?«

»Dahin ist dieser Sampo gezogen? Hat er das Zauber-Ren mitgebracht? Es war doch ein Rentierbock, oder?«

»Ja, ein Bock, und mit ihm sind drei Rentierkühe gekommen, von denen jede ein Zauberkalb trägt. Die Jungen kommen im Frühjahr zur Welt. Sampo hat erzählt, dass die Flanken der Kühe in sternklaren Nächten in den Farben des Polarlichts leuchten. Deshalb sind zauberkräftige Renkälber zu erwarten.«

»Das ist ja erstaunlich. Was können Zauber-Rentiere denn Besonderes?«

»Das habe ich nicht ganz verstanden. Irgendwie sollen sie schneller laufen als gewöhnliche Rentiere. Mehr weiß ich nicht. Aber hör mal, Weihnachtsmann, der Staalo soll wahnsinnig wütend sein.«

»Na, hoffentlich lässt er uns in Ruhe. Ich werde gleich mal zu Sampo gehen und ihm guten Tag sagen.«

»Ja, tu das, Sampo ist ein netter Nachbar. Aber jetzt kann ich nicht mehr länger plaudern. Meine Freunde sind schon wer weiß wohin geflogen. Ich sehe mal nach, ob sie im Weidengebüsch sind. Mach's gut!«

Der Vogel legte den Kopf schräg, lauschte auf das Gekicher der Unglückshäher, das von der anderen Seite des Waldes herüberschallte, und flog auf, um nachzusehen, was seine Freunde trieben.

Der Weihnachtsmann erhob sich von seinem Rastplatz,

zog die Fäustlinge an und stapfte weiter durch den Schnee. Sein Rücken wurde schweißfeucht, und sein Atem dampfte in der frostigen Luft. Der nasse Schneebehang auf den Bäumen drückte die Zweige hinunter, sogar die stolzen Kiefernzweige neigten sich dem Boden zu. Hinter dem Fjell war eine weite weiße Ebene zu sehen, die im Sommer von grünem Dickicht und bunten Flechten gefärbt wurde, die auf den grauen Steinen wuchsen. Nun war all das von Schnee bedeckt. Weiter hinten zeichneten sich ein niedriges Birkenwäldchen und ein Weidengebüsch ab. Der Weihnachtsmann wusste, dass die Weiden einen klaren Bergbach säumten, der selbst im strengsten Winter nie ganz zufror. Er ging ans Ufer, schöpfte mit der Hand kaltes Wasser aus dem Bach, blies darüber und trank durstig. Der Bach wand sich durch eine Talsenke, und dann wurde hinter einem Hügel eine fröhlich zum Himmel aufsteigende Rauchwolke sichtbar. Es duftete herrlich nach Fischragout. Offenbar kochte der neue Nachbar gerade.

Ein stummelschwänziger Rentierhund bemerkte die Ankunft des Weihnachtsmannes als Erster und stob fröhlich kläffend auf ihn zu.

»Wau, wau! Besuch! Du bist sicher der Mann, der auf dem Fjell Korvatunturi wohnt und die Sprache der Tiere versteht. Grüß dich, Fremder!«

»Ich grüße dich auch, Ringelschwanz! Ich bin der Weihnachtsmann. Und wer bist du?«

»Man nennt mich Seippu, und da kommt Sampo. Ich bin hier der Wächter, Sampo kümmert sich um die Rentiere.«

Ein junger Lappe trat lächelnd aus dem Haus, in

fröhliche Farben gekleidet und mit einer bunten Mütze auf dem Kopf. Er nahm die Hand des Gastes in beide Hände und begrüßte ihn erfreut.

»Herzlich willkommen, Weihnachtsmann. Schön, dich

kennenzulernen, wir sind ja Nachbarn. Darf ich dir Fischragout anbieten? Es ist gerade fertig geworden.«

Der Weihnachtsmann nahm dankend an; er freute sich, mit dem netten Sampo tafeln zu dürfen. Der Fisch war so unerhört lecker, dass der Weihnachtsmann ordentlich zulangte.

»Fein, dass es dir schmeckt. Nimm ruhig noch mehr. Ich habe die Hechtstücke mit Engelwurzstielen, Drachenwurz und ein paar getrockneten Steinpilzen gekocht.«

Seippu betrachtete das Gemüse misstrauisch, doch

unter Sampos strengem Blick fraß auch er seine Portion auf. Dem kichernden Meisenschwarm, der auf die Türschwelle gehüpft war, warf Sampo ein Hechtstück zu, das die Vögel geschwind zerpflückten, bevor sie wieder davonflogen.

»Ich muss sie ab und zu füttern«, erklärte Sampo leicht verlegen. »Sie berichten mir vom Staalo und seinen Absichten. Ich bin ständig auf der Hut, denn als ich ihm das Zauber-Ren weggenommen habe, hat er sich mit einem Donnerwetter von seinem Berg auf mich gestürzt. Ich konnte ihm gerade noch entkommen. Seither sinnt er auf Rache und schickt mir seine Trolle auf den Hals.«

»Richten sie schlimmen Schaden an?«

»Die kleinen Trolle streuen nur in der Sauna die Asche aus und ziehen Seippu am Schwanz, wenn er vor dem Haus seinen Mittagsschlaf hält. Aber die großen Trolle haben mir den vollen Kochtopf ausgeschüttet und die Fischnetze zerrissen. Das ist schon schlimmer. Und wenn du das Brot bloß einen Moment auf dem Tisch liegen lässt, schnappen sie es, und sie rennen so schnell, dass du sie beim besten Willen nicht zu fassen bekommst.«

Der Weihnachtsmann musste lachen, als er sich vorstellte, wie Sampo hinter den Trollen herlief, die ihm eine lange Nase machten.

»Du scheinst nicht gerade ein Freund der Trolle zu sein. Aber sag mal, Sampo, wie ist Staalos Zauber-Ren eigentlich?«

»Das ist ein feiner Rentierbock, einen schöneren kann es gar nicht geben. Aber wild ist er und stürmisch. Er lässt sich von keinem anfassen außer von mir, und auch ich muss vorsichtig sein. Ich will ihn zu nichts zwingen. Soll er ruhig auf den Fjells herumlaufen, wie es ihm gefällt. Vielleicht möchte er eines Tages Zugrentier werden, aber die Entscheidung muss er selbst treffen.«

»Offenbar bist du dem Zauber-Ren ein anderer Herr, als es der Staalo war?«

»Ich glaube ja, denn das Zauber-Ren war sehr erschöpft, als wir hier ankamen. Die ersten Wochen hat es nur geschlafen und sich ausgeruht, und es will sich immer noch nicht vor den Lappenschlitten spannen lassen. Es kommt mir vor, als wäre es über irgendetwas sehr erbost; ich weiß nur nicht, worüber. Aber hör mal, Weihnachtsmann, bleib doch hier und geh mit mir in die Sauna, dann haben wir Zeit, uns besser kennenzulernen. Ich habe so viele spannende Geschichten über dich gehört. Und morgen, wenn ein neuer Tag anbricht, kann ich dir meine Rentiere zeigen. Da du die Tiersprache sprichst, könntest du vielleicht das Zauber-Ren fragen, was ihm fehlt.«

Der Weihnachtsmann brauchte nicht lange zu überlegen, er nahm die Einladung gerne an. Sampo holte zwei saubere Handtücher und ein kleines Stück Schmierseife aus dem Speicher, und dann gingen sie zur Sauna. Die Hütte sah ganz ähnlich aus wie Sampos Häuschen, war aber fensterlos. In der Dampfstube befand sich ein großer Ofen aus aufgeschichteten Steinen, in dem den ganzen Tag über ein Holzfeuer gelodert hatte. Die Steine hatten die Hitze gespeichert und verströmten nun eine herrliche Wärme in der dunklen Stube. Sampo hatte viele Eimer voll Wasser zum Aufwärmen auf die Bänke gestellt, und wenn man nun Wasser auf den heißen Steinofen goss, stieg zischend Dampf auf. Es fühlte sich herrlich an, wenn der Dampfstoß aufwaberte und einen am Rücken und an den Ohren zwackte.

Nach dem heißen Dampfbad tat es gut, sich abzukühlen. Sampo wälzte sich im Schnee. Den Weihnachtsmann lockte der Schnee nicht, er begoss sich lieber mit warmem Wasser. Danach setzten sich die beiden auf die Bank vor der Sauna und ließen sich die erhitzte Haut vom Frost kühlen.

»Wie schön, dass du mir in der Sauna Gesellschaft leistest, Weihnachtsmann. Seippu kommt nie mit, weil der Dampf ihn in die Schnauze beißt. Aber sag mir doch, hast du noch andere Zauberkräfte außer deiner Fähigkeit, die Sprache der Tiere zu verstehen?«

»Einmal im Jahr, in der Weihnachtsnacht, kann ich an vielen Orten zugleich sein. Dann besuche ich alle Kinder, die auf das Wunder der Weihnacht warten.«

»Das ist ja großartig! Hast du das immer schon getan?«

»Ich kann es nicht genau sagen. Nicht sehr oft, glaube ich, oder vielleicht doch schon sehr lange. Es ist irgendwie so schwierig, nachzurechnen. Wenn das magische Wunder der Weihnacht über mich kommt, verlieren Dinge wie Jahre und Zeit ihre Bedeutung.«

»Was tust du denn mit Hilfe des Zaubers in der Weihnachtsnacht?«

»Ich möchte den Kindern einen Gruß bringen, ihnen Frieden, Glück und Freude wünschen. Oft gebe ich ihnen auch ein kleines Geschenk. Ich bastle das ganze Jahr über kleine geschnitzte Rentiere, Vögelchen aus Holzspänen und Puppen aus Bartflechte, die den Kindern an Weihnachten Freude bereiten.«

Sie saßen still da und genossen die friedliche Stimmung,

in die das Saunabad sie versetzt hatte. Der Weihnachtsmann streichelte gedankenverloren den kleinen Stein, der an einer dünnen Kette an seinem Hals hing. Schon bei der bloßen Berührung durchströmte ihn das vertraute Glücksgefühl.

»Was ist das denn?«, fragte Sampo.

»Das ist ein Geschenk zu meiner Geburt. Als ich geboren wurde, kamen mächtige Gäste zu mir, und dieser Stein erinnert mich daran, dass ich unter ihrem Schutz stehe.«

»Wie der Stein funkelt, in ganz besonderen Farben, als trüge er sein eigenes Licht in sich. Ein einzigartiges Geschenk; kein Wunder, dass du es in Ehren hältst. Aber jetzt auf zum nächsten Saunagang!«

Sie setzten sich wieder auf die Schwitzbank, und nun fühlte sich der Dampf in dem dunklen Raum noch weicher an. Zuerst erwärmten sich ihre Glieder, dann trieb ihnen das auf den Ofen zischende Wasser den Schweiß aus den Poren, und schließlich mussten sie erneut nach draußen gehen, um sich abzukühlen. Der Hund Seippu erwartete sie an der Tür und bellte Sampo, der sich wieder im Schnee wälzte, übermütig an. Der ächzte zufrieden, ließ sich auf die Bank vor der Sauna fallen und war im Nu von tanzenden Dampfwolken umhüllt.

Seippu erklärte dem Weihnachtsmann eifrig, wie wichtig es sei, sich zu wälzen.

»Sich im Schnee zu wälzen ist eine ausgezeichnete Methode, sein Fell zu pflegen. Ich tue es immer, wenn mein Rücken juckt. Aber sag mal, Weihnachtsmann, woher stammst du eigentlich? Wenn ich ganz genau schnuppere und schnüffle, nehme ich merkwürdige

Gerüche an dir wahr. Du hast wohl viel von der Welt gesehen?«

Der Weihnachtsmann überlegte. Es kam ihm vor, als hätte er immer schon gelebt. Aufgrund dessen hatte er seine Zauberkraft überhaupt erst entdeckt, denn ihm war aufgefallen, dass die Jahre ihn nicht älter machten. Die Menschen um ihn herum veränderten sich, doch er selbst blieb immer gleich. Dass er Zauberkräfte besaß, hatte ihn anfangs bestürzt. Traurig hatte er sein Elternhaus verlassen und war lange und weit gewandert, um andere zu finden, die so waren wie er. Erst nach langer Zeit, irgendwo im Süden, begriff er, dass es womöglich einen Grund für sein Anderssein gab. Vielleicht hatte er eine Aufgabe zu erfüllen.

Damals hörte er viele wichtige Geschichten. Eine erzählte vom heiligen Nikolaus, der armen Mädchen half, eine andere vom Sinterklaas, der hübsche kleine

Geschenke an brave Kinder verteilte. Überall auf der Welt fanden sich wundersame Gestalten, die gute Werke taten: der tschechische König Wenzel, in Frankreich der alte Père Noël und der Hirte von Les Baux, die Italienerin La Befana, die ein Vergehen sühnte – sie alle und viele andere hatten ihr Leben der Aufgabe gewidmet, die Menschen froh zu machen. Sie brachten braven Kindern Geschenke und schienen dabei glücklich zu sein.

Der Weihnachtsmann erinnerte sich, wie froh er gewesen war, als er erkannt hatte, dass er sein langes Leben für Wohltaten nutzen konnte. Er hatte beschlossen, allen Kindern, die er erreichen konnte, die Botschaft der Freude und der Freundschaft zu bringen, und damit bereits in der nächsten Nacht begonnen. Es war die Weihnachtsnacht gewesen.

An diesem Weihnachten überkam ihn die Zauberkraft zum ersten Mal. Am Himmel leuchtete das Polarlicht auf, das man in den südlichen Gefilden, in denen er sich damals aufhielt, nur selten sieht. Es flammte bis auf die Erde und riss den Weihnachtsmann mit sich. Bevor er wusste, wie ihm geschah, war er von einem Kind zum anderen geeilt, hatte ihnen die Freude und das Wunder der Weihnacht gebracht und ein glückliches Lächeln auf unzählige Kindergesichter gezaubert. Als endlich der Morgen dämmerte, setzte das Polarlicht den völlig erschöpften Weihnachtsmann in Finnisch-Lappland ab, mitten auf einem verschneiten Fjell, der Korvatunturi hieß.

»Ich bin tatsächlich viel gereist«, berichtete der Weihnachtsmann. »In meiner Jugend bin ich im Süden herumgezogen, weit weg von hier, auf der Suche nach meinem

Lebenszweck, und ich habe ihn gefunden. Ohne das Wunder der Weihnachtsnacht wäre ich wahrscheinlich ziemlich einsam. Aber wollen wir nicht ins Haus gehen? Man verkühlt sich so leicht, wenn man nach der Sauna zu lange in der Kälte sitzt.«

Sie zogen sich an und gingen durch die Abenddämmerung zurück ins Haus. Sampo bereitete dem Weihnachtsmann ein bequemes Lager auf der Wandbank. Zufrieden streckte sich der Weihnachtsmann darauf aus. Wie schön das Leben doch war: Die Sauna hatte ihn in eine friedliche Stimmung versetzt, er hatte in seinem neuen Nachbarn einen Freund gefunden und sich den Bauch mit leckerer Hechtsuppe vollgeschlagen. Seippu sprang zu ihm, rollte sich am Fußende zusammen und legte den Kopf seufzend auf die Knie des Weihnachtsmannes. Der schmunzelte über das zufriedene Schnaufen des Hundes: Seippu schien den Geruch des Saunadampfes zu genießen, auch wenn er selbst die Dampfstube nicht betreten mochte.

Sampo ging in die Stubenecke, holte hinter einem Vorhang eine große Trommel hervor und schlug mit der Handfläche einen weichen Ton an. Der Weihnachtsmann war schon beinahe eingeschlafen, öffnete aber noch einmal die Augen, um Sampos Instrument zu sehen. Auf einen Rahmen aus gebogenem Holz war schönes helles Leder als Trommelfell gespannt. Auf dem Leder waren viele kleine Zeichnungen zu sehen; der Weihnachtsmann erkannte ein stolzes Ren mit prächtigem Geweih, einen Wolf, einen Schwan und die Sonne. Auch Menschen waren auf das Leder gezeichnet und Sterne am Himmel. Sampo fügte gerade eine neue Gestalt hinzu: einen Mann mit rauschendem Bart. Zeichnet er etwa mich?, überlegte der Weihnachtsmann und schlief ein.

Im Halbschlaf hörte er, wie Sampo sanft die Trommel schlug, sein Spiel immer wieder unterbrach und verblüfft murmelte: »Immer wieder der Weihnachtsmann und das Zauber-Ren. Das ist ein Zeichen für irgendetwas, für etwas ganz Besonderes.«

Dann sank der Weihnachtsmann in einen so tiefen Schlaf, dass er das Trommeln nicht mehr hörte. Er wurde in eine lange zurückliegende Zeit versetzt, in der das Polarlicht ihm ganz nahe gewesen war.

Im Traum erinnerte er sich, wie sich der Kuss des Polarlichts auf seiner Wange angefühlt hatte. In der ersten Nacht nach seiner Geburt hatte sich das Polarlicht tief hinuntergebeugt, bis zur Erde, nur um ihn zu küssen. Es hatte ihm eine Kette umgelegt, mit einem Stein, auf dem die Farben des Polarlichts glühten, und dieser Stein erinnerte ihn immer an das Bündnis. Es war ein glücklicher Moment gewesen. Er erinnerte sich an den Jubel, den er damals verspürt hatte, und an die Kälte. Er war neugeboren und voller Freude über die Lichter am Himmel, über die Schönheit der Welt und über den Frost, der entzückt seine nackte Haut zwickte, als sein Vater ihn auf starken Armen zum Winterhimmel emporhob. »Begrüße die Welt, in die du geboren bist, mein Sohn«, sagte der Vater, und er rief dem Polarlicht und dem Himmel seinen gellenden Gruß zu. Das alles dauerte nur einen flüchtigen Moment, dann trug ihn der Vater rasch zurück in die warme Sauna und legte ihn in die Arme seiner Mutter. So hatte er die Stunde seiner Geburt im Gedächtnis, und seitdem hatte das Polarlicht in jeder klaren Frostnacht zu ihm heruntergespäht und ihn gegrüßt. Manchmal küsste es ihn flüchtig, manchmal knallte es verschmitzt hinter seinem Rücken, manchmal summte es nur hoch oben sein friedvolles Lied aus anderen Himmeln. Dann bebte der Stein an seinem Hals, als wäre er lebendig, und der Weihnachtsmann spürte, dass er etwas ganz Besonderes war. Er wusste, dass das Polarlicht mit keinem anderen so umging wie mit ihm. Nur er konnte die Berührung des Polarlichts spüren und seine hinreißende Stimme hören, und dank des Polarlichts erhielt er in jeder Weihnachtsnacht magische Kraft.

2

Der Staalo hockte finster auf seiner Felsplatte und grummelte. Das Polarlicht, das draußen aufflammte, steigerte seine Wut noch. Warum leuchtete es immer über dem Korvatunturi? Warum hätschelte es den Weihnachtsmann, der dort wohnte, und nicht ihn?

Hasserfüllt dachte der Staalo an das Geschenk, das der Weihnachtsmann bei seiner Geburt vom Polarlicht bekommen hatte. Er streckte seine große Faust gen Himmel und brüllte mit verzerrtem Gesicht: »Warum hast du ihn gewählt statt mich, verdammtes Polarlicht! Ich bin stärker und mächtiger, aber du hast dein Licht in den Stein fließen lassen, der ihm um den Hals hängt. Warte nur ab, ich werde es dir noch zeigen, dir und dem Weihnachtsmann und allen, die ich hasse!«

Der große Höhlentroll, der schlotternd im Hintergrund hockte, hütete sich, dem wütenden Staalo zu nahe zu kommen. Aber so heiß die Wut des Herrn des Zauberbergs auch war, sie erlosch so plötzlich, wie sie aufgewallt war. Der Staalo sank zurück auf seine Felsplatte. Auf seinem steinernen Sitz schimpfte er vor sich hin.

Ein Dunkeltroll mit schwarzen Augenbrauen schlich sich zu dem Höhlentroll und stieß ihn leise an.

»Der Staalo brummt schon seit Monaten unaufhörlich«, wisperte er.

»Ja, seit dieser verflixte Sampo Lappalainen ihm sein

schönstes Zauber-Ren gestohlen hat. Seitdem ist hier auf dem Zauberberg alles miserabel«, antwortete der Höhlentroll flüsternd.

»Es war aber auch prächtig, das Zauber-Ren, nicht wahr? Sein Geweih sprühte goldene Funken, und es lief so schnell über den Schnee, dass sich sogar der bärbeißige Staalo freute.«

Die Trolle nickten sich zu. Es war ein prächtiger Anblick gewesen, und damals hatte der Staalo bisweilen sogar gejubelt. Jetzt knurrte er nur vor sich hin und brütete Nacht um Nacht über seinen dunklen Gedanken, von einem Mondumlauf zum nächsten. Das Leben der Trolle war schwierig geworden, denn der Trübsinn machte den Staalo jähzornig.

»Früher hat der Staalo sich erkundigt, was es Neues gibt, und manchmal hat er uns Dunkeltrolle gebeten, um das Lagerfeuer zu tanzen. Das war richtig lustig, wenn wir im Kreis um das Feuer hüpften und der Widerschein der Flammen unsere Schatten an die Höhlenwände warf. Aber jetzt hocken wir nur herum. Den ganzen Winter haben wir nicht tanzen dürfen, nicht ein einziges Mal.«

»Uns Höhlentrollen ist der Spaß auch vergangen. Früher hat der Staalo die Bilder bewundert, die wir in die Höhlenwände geritzt haben, und uns angespornt, neue und immer ungewöhnlichere Figuren zu erfinden. Jetzt sagt er, das Gekritzel sei überflüssig. Die blanken Höhlenwände seien gut genug.«

»Und wir trauen uns nicht, ihm zu widersprechen.«

»Nein, es ist nicht ratsam, gegen den Staalo aufzubegehren.«

Die Trolle nickten sich zu, seufzten und setzten sich auf ihre Plätze, um auf die Befehle des Staalo zu warten.

Den Staalo ärgerte das Getuschel der Trolle. In letzter Zeit schienen sie ihm ständig im Weg zu sein; sie lärmten und störten ihn beim Nachdenken. Er wollte seine Ruhe haben, seinem Zauber-Ren nachtrauern und überlegen, wie er sich rächen konnte.

Er konnte nicht begreifen, warum das Zauber-Ren sich widerstandslos von Sampo Lappalainen hatte mitnehmen lassen. Sampo war nur ein einfacher junger Lappe, fast noch ein Junge, und dennoch war er einfach so auf Skiern zum Zauberberg des Staalo gekommen, hatte die Skier abgeschnallt und sich auf den Rücken des Zauber-Rens gesetzt. Das Zauber-Ren hatte sich überhaupt nicht gewehrt, sondern zugelassen, dass Sampo sich an seinem silbrig schimmernden Fell festhielt und es mit Tritten in die Flanke antrieb. Es war schnurstracks den Berg hinuntergelaufen und hatte den weiten Weg bis zu den Menschen zurückgelegt, wie Sampo es wollte. Der Staalo hatte seine Trolle hinter ihm hergeschickt, doch mit dem Tempo des Zauber-Rens konnten sie nicht mithalten.

Er war wütend geworden und hatte geschworen, sich zu rächen, sobald das Zauber-Ren zurückgekommen war. Keine Sekunde lang hatte er geglaubt, dass es bei Sampo bleiben würde. Selbstverständlich würde es ein Loch in die Stallwand treten und im Nu über die Umzäunung springen. Jeden Abend war der Staalo nach Sonnenuntergang auf den Gipfel seines Zauberbergs gestiegen und hatte den Horizont abgesucht. Manchmal, wenn der Schnee aufstob, hatte er geglaubt, das Zauber-Ren in wildem Lauf zu sehen, doch es war jedes Mal nur der

Wind gewesen, der den trockenen Frostschnee aufgewirbelt hatte. Das Zauber-Ren kam nicht zurück, der Staalo war allein auf seinem Zauberberg.

Warum kehrte es nicht zurück? Er hatte gedacht, das Ren fühle sich auf dem Zauberberg wohl, denn es war in wilden Sprüngen durch den Schnee gelaufen und hatte seine schwere Last spielerisch leicht gezogen. Der Staalo hatte mit einer langen Peitsche im Rentierschlitten gesessen, und vor seinen Augen waren die schimmernden Hufe in atemberaubendem Tempo auf und ab geflogen. Das Ren zog ihn jeden Tag weiter und schneller, die lange Zunge hing ihm aus dem Maul, es keuchte und schnaufte, während über ihm die Peitsche fröhlich knallte, und wurde nicht langsamer, mochte der Weg noch so steil bergan führen. Die Schneehühner flogen erschrocken auf, wenn sie das dumpfe Lachen des Staalo hörten. War das ein Leben gewesen!

Nun war das Lachen verschwunden, es war vorbei mit der Freude und der Geschwindigkeit. Das dichte Fell des Rentiers, in das er seine Finger gegraben hatte, war nicht mehr da, fort auch der kluge Schimmer in den schwarzen Augen des Tieres, fort die Freude auf eine weitere Schlittenfahrt am nächsten Abend. Ein gewöhnliches Rentier konnte den schweren Schlitten des Staalo nur über ein paar Fjellhänge ziehen. Am meisten vermisste der Staalo jedoch das große Geheimnis des Zauber-Rens. Einmal im Jahr lief es schneller und immer noch schneller. Dann klang das Poltern seiner Hufe wie Donnergrollen, und der Schnee begann, unter dem Schlitten zu singen. Immer rasender wurde die Fahrt, bis das Zauber-Ren einen Sprung machte und seine schwere Last geradewegs in den

Sternenhimmel zog. Eine Nacht lang konnte das Zauber-Ren fliegen, und an diese Nacht erinnerte sich der Staalo, vor Freude zitternd; er erinnerte sich und sehnte sich nach ihr.

Das Zauber-Ren hatte ihm ganz allein gehört, aber jetzt war es fort. Hier saß er nun in seiner Höhle, nur von Trollen umgeben, lauschte auf ihr Getuschel und beobachtete, wie sie in ihren Ecken hockten. Der Staalo brachte für nichts mehr Interesse auf, weder für die Zeichnungen, die die Höhlentrolle in die Felswände ritzten, noch für die Feuertänze der Dunkeltrolle. Was war das alles im Vergleich zu den wilden Ausfahrten mit dem Zauber-Ren?

Nur eines machte dem Staalo noch Spaß: die Kleintrolle auszuschicken, damit sie ihren Schabernack trieben. Gleichzeitig erfuhr er dabei auch, was bei Sampo Lappalainen und beim Weihnachtsmann auf dem Korvatunturi vor sich ging.

»Staalo, die Patrouille der grauohrigen Kleintrolle ist auf dem Heimweg!«

Der Dunsttroll, der den Höhleneingang bewachte, hatte mit seinen scharfen Augen die durch den Schnee wuselnde Trollschar gesehen, die sich dem Zauberberg näherte.

Der Staalo erwachte aus seiner Trübsal und stand auf. Tatsächlich wirbelte schon bald unter meckerndem Lachen ein halbes Dutzend grauohrige Trolle herein. Sie klopften sich den Schnee ab und rannten geradewegs zum Staalo.

»Guck mal, Staalo, wie viele Haare wir Sampos Hund ausgerissen haben. Der hat uns wütend angekläfft, aber wir sind ihm entwischt.«

»Der Hund ist mir egal. Nun sagt schon, was es bei Sampo Neues gibt. Habt ihr das Zauber-Ren gesehen?«

»Nein, das läuft immer noch allein über die Fjells. Aber Sampo hat Besuch.«

»Von wem?«

»Vom Weihnachtsmann natürlich. Sie gingen gerade in die Sauna, als wir uns auf den Rückweg machten. Es sah so aus, als wären sie Freunde geworden.«

Soso, Sampo Lappalainen und der Weihnachtsmann schließen Freundschaft, überlegte der Staalo. Er scheuchte die Kleintrolle mit einer Handbewegung fort und schnippte mit den Fingern nach den Höhlentrollen.

»Geht alle in die Seitenhöhle, und gebt den Grauohren etwas zu essen. Ich will allein sein und nachdenken.«

Und so saß der Staalo die ganze Nacht lang auf seiner kalten Felsplatte und überlegte, wie er sich am Weihnachtsmann und an Sampo rächen könnte. Er brummte, lief vor seiner Felsplatte hin und her, zeichnete etwas auf den Boden und hob schließlich die geballten Fäuste zu dem am Himmel flammenden Polarlicht.

»Sobald ich meine Kräfte und meine Leute gesammelt habe, raube ich dem Weihnachtsmann seine Macht und räche mich an allen!«

3

Seippu leckte vorsichtig an der Nase des Weihnachtsmannes. Der Weihnachtsmann nieste und setzte sich auf. Zuerst war er ganz verwirrt, denn ihn hatte die ganze Nacht lang ein Albtraum geplagt. Darin kam ein großes, furchterregendes Wesen vor, das von Hass und Rachsucht erfüllt war, und bei ihm am Lagerfeuer waren viele boshaft lachende und auf Schabernack sinnende Trolle.

Nur gut, dass er aus diesem Albtraum erwacht war. Der Weihnachtsmann rieb sich die Augen und sah sich um. Ein Blick durch das Fenster verriet ihm, dass draußen herrlich strenger Frost herrschte: Der Schnee war weiß wie eine Schönwetterwolke. Sampo, der gerade Brot auf den Tisch stellte, sah nachdenklich aus.

»Gut, dass du wach bist, Weihnachtsmann. Meine Trommel hat mir gestern Nacht seltsame Dinge prophezeit. Der Staalo wird immer stärker, und das macht mir Angst. Aber die zweite Weissagung ist noch verwirrender. Die Trommel hat das Zauber-Ren immer wieder mit dir in Verbindung gebracht. Schau mal, hier habe ich silberne und kupferne Reifen, die lege ich auf das Trommelfell. Wenn ich dann die Trommel schlage, gleiten die Ringe auf die Figuren, die ich auf das Trommelfell gezeichnet habe, und sagen so die Zukunft voraus.«

Der Weihnachtsmann schaute genau hin, als Sampo die Trommel schlug. Er hörte ein sanftes Pochen und dann ein helles Klirren, als der Kupferreifen auf das Bild des Rentiers hüpfte, während der Silberreifen sich auf das Bild des Weihnachtsmannes legte, das Sampo am Abend gezeichnet hatte.

Sampo schlug erneut auf die Trommel. Diesmal tauschten die Reifen die Plätze, sodass sie wieder den Weihnachtsmann und das Ren miteinander verbanden.

»Siehst du? Schon wieder dieselbe Prophezeiung.«

»Wirklich merkwürdig! Vielleicht sollte ich deinem Zauber-Ren wenigstens guten Tag sagen, wenn sogar deine Trommel von ihm spricht.«

»Wir gehen gleich hin. Aber vorher muss ich dich warnen: Es ist wild und stark, und ich verstehe seine Sprache noch nicht. Es hat spitze, golden glänzende Hörner, ein silbern schimmerndes Fell und harte Hufe, mit denen es ausschlägt, wenn es sich über etwas ärgert. Nur ich darf es berühren, sonst niemand, es ist noch ganz ungebärdig. Also sei vorsichtig.«

»Das verspreche ich dir. Wie hütet man Rentiere eigentlich?«

»Sie leben frei in den Wäldern, fressen Flechten, die sie unter dem Schnee hervorscharren, oder Bartflechte von den Fichtenzweigen. Einige Male im Jahr versammeln sie sich alle an einem Ort, und dann können die Rentierzüchter ihre eigenen Tiere zählen und markieren. Jedes Ren wird an seinen Ohren mit dem Zeichen seines Besitzers versehen. Aber mein Zauber-Ren läuft immer für sich allein, und seine Ohren rühre ich nicht an.«

»Und die Rentierkühe? Das Zauber-Ren hast du von Staalos Berg geholt, aber woher sind die Kühe?«

»Sie waren in der Nähe von Staalos Berg. Das Zauber-Ren

hatte sie wohl schon vorher für sich gewonnen, denn sie sind uns eifrig gefolgt, als wir vor dem Staalo flohen. Eigentlich kein Wunder, denn alle drei tragen ein Kalb vom Zauber-Ren.«

»Dann werden also bald drei Rentierkälber geboren.«

»Im Frühjahr ist es so weit. Bis dahin ruhen die Rentierkühe sich dort drüben im Wald aus. Ich bringe ihnen immer Flechten zum Fressen, damit es ihnen gut geht. Möchtest du sie dir ansehen?«

Natürlich wollte der Weihnachtsmann. Sie aßen rasch ein Stück Brot, zogen sich warm an und stapften in das Wäldchen. In einer Einfriedung standen drei trächtige Rentierkühe, die gemächlich Flechten kauten. Sie waren rund und schläfrig, warfen dem Weihnachtsmann einen Blick zu und widmeten sich dann wieder ihrem Futter. Das Rentier des Staalo war nirgends zu sehen.

»Wo ist das Zauber-Ren?«, fragte der Weihnachtsmann verwundert.

Da toste es plötzlich im Wald. Schnee wirbelte auf und Zweige brachen, als ein gewaltiger Rentierbock mit goldenem Geweih zwischen den Bäumen hervorstürmte. Seine Hufe schienen Funken zu schlagen, und sein riesiges Geweih zersplitterte jeden Ast, der ihm im Weg war. Mit einem prächtigen Satz sprang er zu seinen Kühen in die Einfriedung und auf der anderen Seite gleich wieder hinaus. Mit gestrecktem Hals und leuchtendem Geweih blieb er stehen und schüttelte heftig den Kopf. Er stampfte mit den Hufen, nahm Anlauf und sprang geradewegs auf die beiden Männer zu.

»Pass auf!«, rief Sampo und suchte hinter einem Kiefernstamm Schutz.

Der Weihnachtsmann blieb reglos stehen. Was für ein gewaltiges Rentier! Wie hinreißend das silbrige Fell schimmerte und das Sonnenlicht auf den goldenen Hörnern funkelte! Und die wilde Glut in den schwarzen Augen des Tieres!

Der Weihnachtsmann hörte weder Sampos besorgte Rufe noch das aufgeregte Blöken der Rentierkühe in der Einzäunung. Er sah nur das gewaltige Rentier, das drohend näher kam und sein funkelndes Geweih in Angriffsstellung senkte. Es war so schön und stark, so voller Zauberkraft und Macht, dass der Weihnachtsmann ehrfürchtig den Kopf senkte und das Tier wie einen Ebenbürtigen grüßte.

»Sei mir gegrüßt, Zauber-Ren.«

Das Rentier hatte schon den Lauf erhoben, um dem Eindringling einen Tritt zu versetzen, doch als es die Stimme des Weihnachtsmannes hörte, blieb es verblüfft stehen, hob den Kopf und sah dem Weihnachtsmann tief in die Augen.

»Wer bist du, dass du die Sprache der Tiere sprichst?«

»Ich bin der Weihnachtsmann.«

»Bist du vielleicht derjenige, der mir prophezeit wurde? Ich wusste, dass Sampo mich zu jemandem führen wird, der mich für eine zaubermächtige Aufgabe braucht. Ich bin das Warten leid.«

»Ich wäre jedenfalls gerne dein Gefährte. Wie wäre es, wenn ich dir erzähle, was ich mit meiner Zauberkraft tue? Vielleicht bin ich derjenige, auf den du gewartet hast.«

Sampo spähte hinter dem Baum hervor und wollte seinen Augen nicht trauen. Das wilde Zauber-Ren des Staalo, das er selbst kaum zu berühren wagte, trat mit

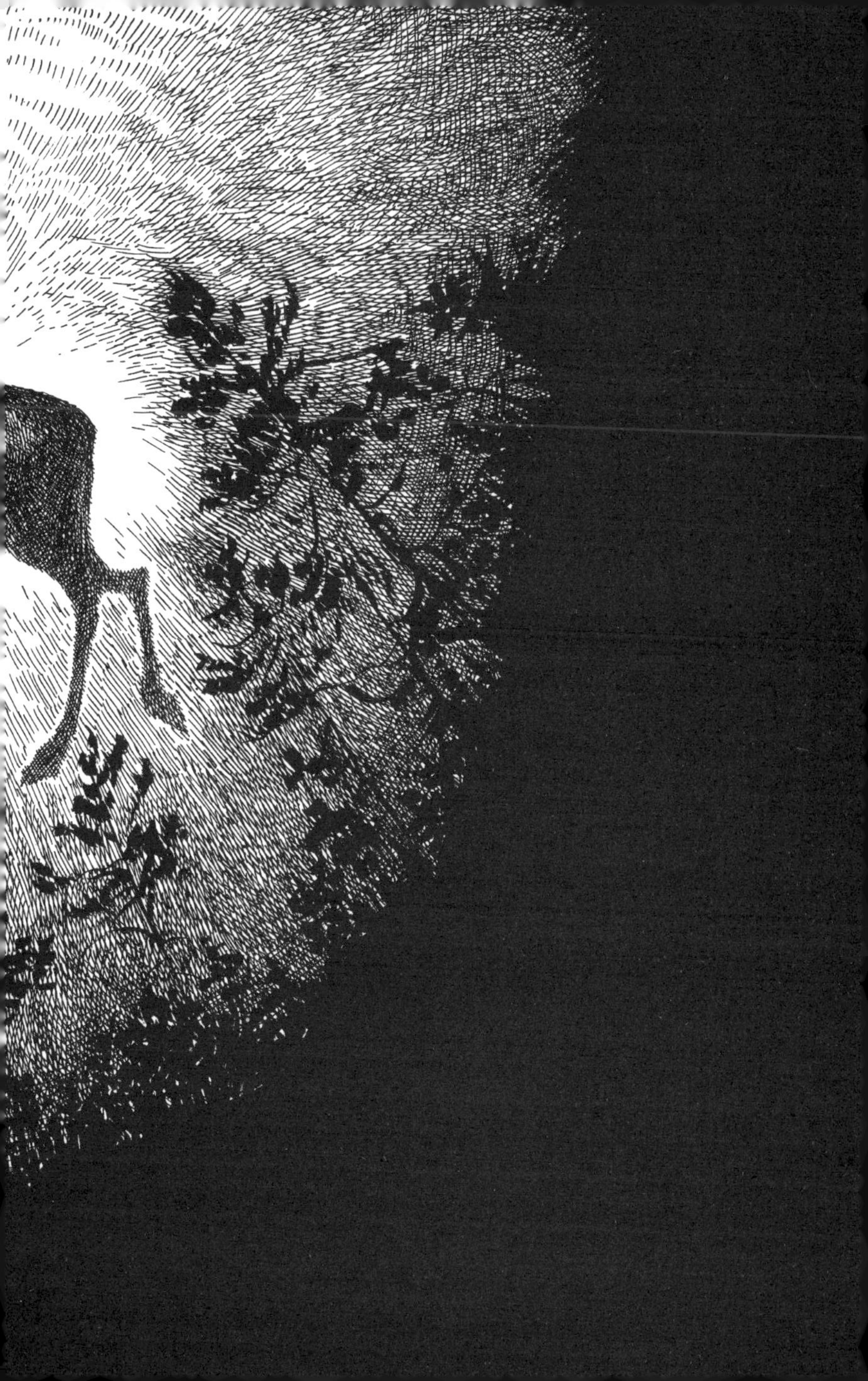

schräg gelegtem Kopf näher an den Weihnachtsmann heran und legte ihm das Maul auf die Hand. Der Weihnachtsmann streichelte das Tier am Hals, das Ren stupste ihn an, und dann gingen beide in schönster Eintracht in den Wald.

Das wollte mir die Zaubertrommel also sagen, dachte Sampo. Das Zauber-Ren und der Weihnachtsmann gehörten auf irgendeine besondere Weise zusammen, und das Bündnis zwischen ihnen entstand gerade jetzt, in diesem Moment. Trotz seiner jungen Jahre war Sampo ein kluger Lappe, und deshalb ließ er die beiden allein. Er seufzte wehmütig, zuckte mit den Schultern und ging zu seiner Hütte.

Der Weihnachtsmann und das Zauber-Ren wanderten den ganzen Tag Seite an Seite durch den Wald. Wenn sie rasten mussten, legte sich das Rentier in den Schnee und erlaubte dem Weihnachtsmann, sich in seinem flauschigen Nackenfell die Finger zu wärmen. Sie sprachen viel. Der Weihnachtsmann berichtete von der Aufgabe, die er in der Weihnachtsnacht erfüllte, das Zauber-Ren erzählte von seiner wundersamen Fähigkeit, in einer Nacht des Jahres fliegen zu können. Sie schmiedeten Pläne miteinander und schlossen ein Bündnis, in dem sie beide ebenbürtige Partner waren.

Nach der langen Wanderung trennten sie sich. Als der Weihnachtsmann in Sampos Stube kam, war er so in Gedanken, dass er die Hechtsuppe auf dem Tisch kaum wahrnahm. Wortlos aß er, was Sampo ihm vorsetzte, verbeugte sich zum Dank und erklärte dann, er wolle sich nun auf den Heimweg machen. Sampo verstand, dass der Weihnachtsmann in aller Ruhe über sein Erlebnis nachdenken wollte. Natürlich brannte er darauf zu erfahren, worum es bei dem Gespräch mit dem Zauber-Ren gegangen war. Doch er zügelte seine Neugier. Irgendwann würde er es erfahren.

4

Die Höhlentrolle, die Kleintrolle und die Dunkeltrolle standen unruhig in Reih und Glied. Über jede Reihe wachte ein weißer Dunsttroll. Auch diese Aufpasser krümmten sich vor Angst, als der Staalo durch die Höhle stapfte und die Reihen inspizierte. Ab und zu blieb er stehen und betrachtete irgendeinen Troll genauer, wandte sich dann ruckartig ab und sah sich grimmig um. Unter seinem Blick erschauerte selbst der stärkste Höhlentroll. Die Reihen der massigen Dunkeltrolle schienen zu schrumpfen, als der Staalo sie streng musterte, und einige Kleintrolle wimmerten verängstigt.

»Was passiert jetzt?«, flüsterte ein Dunkeltroll dem Höhlentroll in der nächsten Reihe zu.

»Ich glaube, wir warten noch auf die letzte Trollpatrouille. Dann stehen wir alle gleichzeitig vor dem Staalo. Aber still jetzt. Wenn der Staalo so schlecht gelaunt ist, lässt man sich besser nicht beim Flüstern erwischen.«

Die beiden Trolle nickten sich verstohlen zu und gaben sich alle Mühe, Haltung anzunehmen.

Die Inspektion dauerte lange. Einige Trolle traten bereits müde von einem Fuß auf den anderen, und die Kleintrolle seufzten heimlich.

»Staalo! Jetzt sehe ich die Trollpatrouille endlich kommen!«, rief der wachhabende Dunsttroll am Höhleneingang.

Bald stürmte ein halbes Dutzend flinke Trolle herein.

»Was hat euch so lange aufgehalten? Ich hatte euch doch befohlen, sofort zurückzukehren!«, polterte der Staalo.

»Wir sind so schnell gekommen, wie wir nur konnten. Wir haben uns nicht einmal damit aufgehalten, den hässlichen grauen Vogel, der halb tot auf dem Korvatunturi lag, ordentlich zu piesacken. Bloß ein paar Federn haben wir ihm ausgerupft und ihn in die Krallen gezwickt, dann haben wir ihn in der Kälte liegen gelassen.«

Der Staalo brummte leise und stellte sich dann auf seine Felsplatte. Alle Trolle drehten die Ohren zu ihm hin und hörten aufmerksam zu.

»Heute beginnt eine neue Epoche in der Geschichte des Zauberbergs. Ab heute bereiten wir uns auf den großen Kampf vor, der diesen Berg in alle Ewigkeit zum

wichtigsten Ort Lapplands machen wird, zum harten Mittelpunkt und zum kalten, gnadenlosen Herzen des Landes.«

»Was hat er gesagt? Ich habe nichts kapiert«, erkundigte sich einer der büschelohrigen Kleintrolle bei seinem Nachbarn.

»Pst! Wir fragen nachher die Größeren. Tu einfach so, als ob du es verstehst.«

Der Staalo blickte streng zu den Kleintrollen hinüber, die vor lauter Angst die Ohren einklappten. Dann wandte er sich an die größeren Höhlen- und Dunkeltrolle.

»Ihr, meine Trolle, werdet meine tapferen Krieger. Ich weiß, dass ein weiter Weg vor uns liegt. Wir müssen hart und unermüdlich üben. Alle anderen Aufgaben sind jetzt zweitrangig, nur der bevorstehende große Kampf zählt. Bisher habe ich Trollpatrouillen durch ganz Lappland geschickt, um Schabernack zu treiben und den Menschen Ärger und Verdruss zu bereiten. Von nun an wird nur eine minimale Anzahl von Patrouillen zu Präzisionsschlägen gegen Sampo Lappalainen und den Weihnachtsmann entsandt.«

»Ich verstehe schon wieder nichts«, seufzte ein Kleintroll und rollte die Augen.

»Er meint, dass wir von jetzt an nur bei Sampo und beim Weihnachtsmann Schaden anrichten und ansonsten hier das Kämpfen üben«, erklärte ihm der Dunkeltroll, der neben ihm stand, bereitwillig.

»Ach so! Warum hat er das nicht gleich gesagt!«, meinte der Kleintroll.

»Ruhe dahinten, oder ich verwandle euch in Steine!«

Der Kleintroll heulte auf und schlug die Hände vor das

Gesicht, während der Dunkeltroll vor Schreck ganz grau wurde.

»Hört mir gut zu: Zum Weihnachtsmann und zu Sampo geht immer nur eine Trollpatrouille. Die Aufgaben sind dieselben wie bisher: Die Kleintrolle zwicken und zwacken die Haustiere, verstreuen Asche auf dem Fußboden und verstecken kleine Haushaltsgegenstände. Die Dunkeltrolle zerschneiden die Fischnetze, verderben das Essen, machen Kleider schmutzig und werfen Holzstapel um. Die Höhlentrolle gehen nicht mehr auf den Korvatunturi, sondern üben nur noch hier.«

Die Höhlentrolle schlackerten verblüfft mit den Ohren.

»Was wird denn hier geübt?«

»Hier werdet ihr das Kämpfen üben, damit ich die Leute vom Berg Korvatunturi angreifen kann. Ihr werdet meine Kampftruppe. Außerdem werbe ich neue Trolle an.«

Der Staalo lachte boshaft. Dem Dunkeltroll, der vor ihm stand, lief es kalt den Rücken hinunter. Er erinnerte sich genau, wie er selbst angeworben worden war. Eines Nachts war er unvorsichtigerweise aus seiner Wohnhöhle geschlüpft, um die Mondsichel zu bewundern, und im nächsten Moment hatte der Staalo ihn an den Schultern gepackt und ihm mit stechendem, zaubermächtigem Bannblick in die Augen gesehen. Diesem Blick konnte ein einfacher Troll nicht widerstehen, und deshalb stand der Dunkeltroll nun hier in der düsteren Höhle im Zauberberg und musste sich die strengen Befehle des wütenden Staalo anhören. Es war sinnlos, sich in seine gemütliche, friedliche Wohnhöhle zurückzusehnen. Wen der Staalo einmal in den Fängen hatte, der konnte nicht mehr fliehen.

Der Dunkeltroll seufzte tief. Nun würden also bald Trollverwandte kommen. Die Armen! Auf dem Zauberberg würde es ihnen schlecht ergehen.

Viele Trolle hingen denselben Gedanken nach und seufzten leise vor sich hin, denn jeder von ihnen sehnte sich fort von dem lauten, hektischen Zauberberg. Hätten sie die Wahl gehabt, wären sie allesamt blitzschnell davongerannt und irgendwo auf einem entlegenen Fjell in eine sichere Höhle geschlüpft. Dort hätten sie den ganzen Tag lang geschlafen und wären nur gelegentlich in schönen Mondnächten ins Freie gegangen, um auf das Bellen der Füchse zu lauschen und den Duft der Winde Lapplands zu schnuppern. Stattdessen waren sie gezwungen, in den engen, schmutzigen Höhlen des Zauberbergs zu leben, wo sie tagaus, tagein herumkommandiert und bedroht wurden. Und nun stand ihnen auch noch ein Kampf bevor! Aber gegen die Bannkraft des Staalo konnten sie nichts ausrichten. Die Trolle wussten, dass ihr Wunschtraum nie in Erfüllung gehen würde. Dem Staalo musste man gehorchen.

»Ist die Sache endlich klar?«, polterte der Staalo.

»Alles klar«, antworteten die Trolle wie aus einem Mund.

5

Nachdenklich verabschiedete sich der Weihnachtsmann von Sampo und Seippu. Er freute sich, dass Sampo ihm leihweise seine Skier zur Verfügung stellte. In der klaren, milden Mondnacht war es angenehmer, eine Loipe zu ziehen, als zu Fuß durch den weichen Schnee zu waten. Der silberne Mond warf fahles Licht auf die Erde, und im gleichmäßigen Rhythmus des Skilaufs ordneten sich die Gedanken wie von selbst. Der Fuß schob den Holzski über den Schnee, der Arm stieß den Skistock nach hinten, und die Skier bewegten sich in rhythmischem Wechsel.

Die Skier glitten so leicht über den Schnee, dass der Weihnachtsmann beschloss, vor der Heimkehr noch einen Abstecher auf den Gipfel des Korvatunturi zu machen. Doch der Anstieg war mühsamer, als er gedacht hatte. Die Skier rutschten immer wieder nach hinten weg. Deshalb schnallte er sie kurz vor der steilsten Strecke ab, schulterte sie und stieg das letzte Stück zu Fuß hinauf. Als er außer Atem den Gipfel erreichte, bemerkte er ein seltsames Häuflein auf der eisigen Erde. Es war schwarzgrau und teilweise von Schnee bedeckt. Verkrampfte Krallen und ein schwarzer Schnabel ragten aus dem Schnee. Es war ein Vogel, der da bewusstlos in der Kälte lag.

Der Weihnachtsmann hob ihn vorsichtig auf, wärmte ihn zwischen den Händen und strich ihm die Flügel und die Schwanzfedern glatt. Das Tier zitterte und seufzte, schlug die Augen auf und piepste leise.

»Trolle! Keine Trolle mehr, bitte nicht. Ich friere, ich kann nicht mehr. Hilf mir!«

Dann wurde die Krähe wieder ohnmächtig. Nun war Eile geboten! Der Vogel musste schnellstens ins Warme.

Der Weihnachtsmann schob den Vogel in seine Jacke, schnallte die Skier an und sauste in rasender Fahrt den Berg hinunter bis zu seinem Haus.

»Pju! Was hast du in deiner Jacke?«, fragte Kyksi wippend.

»Guck mal, diesen Vogel habe ich bewusstlos auf dem Berg gefunden. Wahrscheinlich in letzter Minute, denn er war ganz kalt.«

»Oje, der sieht aber krank aus.«

»Es ist eine Krähe, noch ganz jung. Sie muss weit geflogen sein, denn so hoch oben im Norden habe ich noch nie Krähen gesehen«, sagte der Weihnachtsmann und strich dem Vogel liebevoll über das Gefieder. »Ruh dich nur aus, Krähenjunge. Jetzt bist du in Sicherheit, ruh dich aus und wärm dich auf. Du kannst so lange bei mir bleiben wie nötig.«

Der Krähenjunge war zu erschöpft, um die Augen aufzuschlagen, doch er hörte die freundlichen Worte des Weihnachtsmannes und seufzte glücklich. Hier würde er gerne bleiben, für immer.

Die ganze Nacht lang wachte der Weihnachtsmann über den unruhigen Schlaf des Krähenjungen. Das arme Kerlchen schreckte immer wieder wimmernd hoch und war nur durch zärtliches Streicheln zu beruhigen. Am Morgen fütterte der Weihnachtsmann die Krähe vorsichtig mit lauwarmem Brei, und danach sank sie endlich in einen ruhigen, heilenden Schlaf. Nun wusste der Weihnachtsmann, dass sie überleben würde, und ging vor die Tür, um frische Luft zu schnappen.

Sofort hüpfte Kyksi auf seine Schulter.

»Ist die Krähe schon wach?«

»Noch nicht, aber mach dir keine Sorgen, sie wird wieder gesund.«

»Und ich? Wenn ich nicht bald meine Körner bekomme, geht es mir so schlecht wie der Krähe.«

Lachend zerdrückte der Weihnachtsmann Kyksis Körner, und als die kleine Sumpfmeise ihr Futter verspeiste, legte sich Frieden über das Haus am Korvatunturi.

Nachdem sie alles aufgefressen hatte, setzte sich die kleine Meise auf das Knie des Weihnachtsmannes, um ihr Gefieder zu putzen, und kicherte, als der Weihnachtsmann sie vorsichtig kraulte.

»Das kitzelt! Ein bisschen weiter links, am Flügelansatz, ja, genau da.«

Es dämmerte bereits, und die Frostwolken verstrahlten fahles Licht, als aus dem Haus eine vorsichtige Stimme zu hören war.

»Kraak! Wo bin ich? Ist hier jemand, oder habe ich den dicken Mann mit Bart nur im Traum gesehen?«

Der Weihnachtsmann und Kyksi eilten hinein. Der Krähenjunge aalte sich auf seinem Lager aus Bartflechte. Seine kleinen pechschwarzen Augen waren klar, und er sah den Weihnachtsmann neugierig an.

»An dich erinnere ich mich! Du hast mich da oben auf dem Berg gerettet.«

»Grüß dich, Krähenjunge. Fein, dass es dir schon

besser geht. Ich bin der Weihnachtsmann, und wir sind in meiner Hütte am Fuß des Korvatunturi. Ob du wohl schon aufstehen kannst?«

Der Krähenjunge hüpfte auf den Rand des Körbchens aus Birkenrinde, das ihm als Bett gedient hatte, und breitete vorsichtig die Flügel aus.

»Es scheint alles in Ordnung zu sein. Danke, dass du mich gepflegt hast, Weihnachtsmann. Jetzt hätte ich Lust auf ein bisschen Kraulen, danach möchte ich mir die Flügel vertreten und mich umschauen.«

Folgsam kraulte der Weihnachtsmann die zufrieden piepsende Krähe am Nacken und am Flügelansatz. Kaum war er damit fertig, da nahm Kyksi allen Mut zusammen und hüpfte auf den Stubenboden.

»Pju! Fein, dass noch ein zweiter Vogel zum Korvatunturi gekommen ist, noch dazu so ein prächtiger schwarzgrauer. Könntest du nicht mein großer Bruder sein? Ich habe nie einen gehabt.«

Der Krähenjunge legte den Kopf schräg und musterte die Sumpfmeise. Sie war klein und zerzaust, aber ihre Augen hatten einen lustigen Glanz, und ihr Getschilpe klang fröhlich.

»Wer bist du denn?«, fragte die Krähe.

»Du kannst mich Kyksi nennen. Ich bin zum Weihnachtsmann gezogen, weil ich große Heldentaten vollbringen will.«

Der Weihnachtsmann schmunzelte, aber die Krähe machte vor Bewunderung große Augen.

»Na, dann will ich gern dein großer Bruder sein. Toll, wenn ich allen sagen kann, dass der Held da mein kleiner Bruder ist.«

»Das geht aber nicht«, sagte Kyksi verdrießlich.

»Wieso denn nicht, Kyksi?«, versuchte der Weihnachtsmann zu vermitteln. »Der Krähenjunge hat doch schon versprochen, dein großer Bruder zu sein.«

»Das kann er gern, aber ich kann nicht sein kleiner Bruder sein.«

Der Weihnachtsmann wunderte sich. Was war das denn für ein Rätsel?

»Warum nicht?«

»Weil ich ein Mädchen bin!«

»Kraak, das ist kein Problem. Dann bist du eben meine heldenhafte kleine Schwester.«

Und so wurden Kyksi und der Krähenjunge Adoptivgeschwister. Kyksi zeigte der Krähe noch am selben Abend die Wirtschaftsgebäude und alles andere, was zum Hof gehörte, und während der nächsten Tage flogen sie gemeinsam hierhin und dorthin. Die Krähe flog langsam vorneweg, während die Sumpfmeise heftig mit den Flügeln schlug, um nicht hinter ihrem großen Bruder zurückzubleiben.

Zum Glück war die Krähe wieder bei Kräften und brauchte keine Pflege mehr. Doch bald fragte sich der Weihnachtsmann, ob er vom Regen in die Traufe geraten war. Nachdem die Krähe nämlich so liebevolle Pflege erhalten hatte, beschloss sie, selbst zum Wohltäter zu werden. Wenn sie durch den Wald flog, lauschte sie auf jeden Hilferuf. Bald brachte sie einem hungrigen Dompfaff Körner, bald trug sie trockenes Moos zu einem frierenden Eichhörnchen und beförderte ein Mausejunges, das sich verlaufen hatte, in seinen Bau zurück. Immer wieder alarmierte sie den Weihnachtsmann: Er musste einer Auerhenne helfen, die vom Ast gefallen war, einem Hasen, der sich den Knöchel verstaucht hatte, und einem Fuchs, dessen Schwanz unter einem umgestürzten Baum eingeklemmt war. Natürlich half der Weihnachtsmann den Waldbewohnern gern. Das hatte er immer schon getan: Auch im Sommer hatten die Bachgeister ihn oft geholt, damit er ihnen half, moosig gewordene Quellen zu reinigen und verknotete Teichrosenblätter aufzudröseln. Anderen zu helfen machte gute Laune, doch jetzt hatte der Weihnachtsmann manchmal das Gefühl, dass es einfach zu viele Hilfsbedürftige gab. Schließlich musste er Geschenke für das nächste Weihnachtsfest basteln und konnte nicht pausenlos den Tieren zu Hilfe eilen.

Vorläufig grämte er sich aber nicht weiter darüber, denn ansonsten war es wunderbar friedlich in seiner Hütte. Wenn Kyksi und ihr großer Bruder durch den Wald flogen, herrschte in der Stube himmlische Ruhe.

Kyksi und ihr Krähenbruder waren wieder zu einem Ausflug aufgebrochen, und der Weihnachtsmann, der gerade ordentlich gefrühstückt hatte, fühlte sich angenehm schläfrig. Es war still im Haus. Er legte sich auf die Bank, schloss die Augen und spürte, wie ihn die

Müdigkeit umspülte. Es war, als liege er am Ufer eines großen Gewässers, wo der Schlaf in sanften Wellen näher und näher kam. Doch da hüpfte plötzlich ein grauer Vogel an den Schlafstrand und krächzte.

»Kraak! Du willst doch nicht etwa schlafen?«

Das Schlafmeer verschwand, und der Weihnachtsmann seufzte.

»Ein Vormittagsschläfchen solltest du mir doch gönnen.«

»Du hast in letzter Zeit kaum etwas anderes getan, als zu schlafen. Und da du jetzt zufällig wach bist, kannst du mir auch gleich helfen. Mich jucken die Nackenfedern«, krächzte die Krähe, reckte den Hals und fuhr mit ihrer Predigt fort. »Du solltest öfter an die frische Luft gehen, das sagt Kyksi auch. Natürlich wird man müde, wenn man immer nur am Kaminfeuer hockt. Kyksi und ich sind schon eine weite Runde geflogen, während du vom vielen Schlafen ganz muffig bist.«

Der Weihnachtsmann sah verlegen zu Boden. Tatsächlich, er hatte viel zu lange in der Stube gehockt. Er war schmuddelig und miefig, hätte sich längst wieder die Zehennägel schneiden und die Zähne putzen müssen.

»Du hast ja recht. Was hältst du davon, wenn wir die Sauna heizen? Während sie warm wird, könnten wir eine Wanderung machen. Kommst du mit, Krähe?«

»Warum nicht. Und unterwegs schauen wir uns ein Geschöpf an, das Hilfe zu brauchen scheint.«

Der Weihnachtsmann seufzte. Schon wieder war eine gute Tat zu vollbringen!

Im Winter sind die Tage in Lappland kurz. Über dem Hof lag bereits die blaue Nachmittagsdämmerung. Windstöße wirbelten losen Schnee auf. Im Saunaofen knisterte bald ein ordentliches Feuer, und der Rauch stieg wie eine dicke Säule zum Himmel auf. Der Weihnachtsmann schob seine Stiefel in die Skibindungen und glitt geschwind über den Schnee. Die Krähe musste kräftig mit den Flügeln schlagen, um sein Tempo zu erreichen.

»Deine Skier tragen dich so schnell, als ob du fliegen würdest. Aber warte nur, bis es bergauf geht. Dann musst du dich abmühen, dass der Schweiß nur so strömt. Auf Flügeln wärst du längst am Ziel.«

»Stimmt, aber ich kann nun mal nicht fliegen. Es bleibt mir keine andere Wahl, als den Weg auf Skiern zurückzulegen. Obwohl es ehrlich gesagt doch ganz schön wäre, am Kamin zu faulenzen. Kyksi hat es ja auch vorgezogen, sich unter der Traufe auszuruhen, anstatt uns zu begleiten. Ich bin immer noch furchtbar müde.«

Auch wenn der Weihnachtsmann sich nach seiner warmen Stube sehnte, merkte er doch, dass ihn die frische Luft aufmunterte. Die Krähe flog zielstrebig vor ihm her, um wieder einem armen Geschöpf aus der Patsche zu helfen. Das war eine gute Tat. Der Weihnachtsmann riss sich zusammen.

»Entschuldige, ich wollte nicht meckern. Die frische Luft tut gut. Aber willst du mir nicht endlich sagen, wohin wir gehen?«

»Das kann ich dir nicht erklären. Nur noch ein kurzes Stück, dann siehst du es selbst.«

Die Strecke war ziemlich weit. Nachdem sie den Korvatunturi hinter sich gelassen hatten, überquerten sie mehrere Anhöhen. Bergab kam der Weihnachtsmann schnell voran, bergauf kämpfte er sich mit schweißnassem Rücken den Weg hoch, angespornt von der Krähe. Schließlich erreichten sie einen breiteren Bach. Er wurde allmählich zu einem kleinen Fluss, der sich zwischen vereisten Sümpfen und kleinen Hügeln dahinschlängelte. Hinter einer Kehre kamen plötzlich eine kleine graue Sauna, eine Wohnhütte, Ställe und weiter hinten eine Darre in Sicht. Schon von Weitem sah man, dass der Hof verlassen war. Im Schnee vor dem Haus waren nur die Spuren eines Hasen zu sehen. Hier war er mit den Hinterläufen abgesprungen, dort hatte er die Vorderpfoten ordentlich hintereinandergesetzt, um sich dann wieder mit den Hinterläufen zu einem prächtigen Sprung abzustoßen. Alles war vollkommen still. Kuh- und Pferdestall waren kalt, und auch die Sauna schien im unberührten Schnee zu frieren.

»Kraak! Zur Darre!«

Die Darre stand ein wenig abseits. Auf ihrem Dach lag eine dicke Schneeschicht. Der Weihnachtsmann überlegte, wen er dort wohl antreffen würde.

Vor dem Eingang türmte sich eine Schneewehe auf. Es wurde immer kälter, der Frost zwickte an den Wangen und den Ohren. Der Weihnachtsmann zog sich die Mütze tiefer ins Gesicht und zog an der Tür, doch der Schnee lag so hoch, dass sie sich nicht öffnen ließ. Der Weihnachtsmann schaufelte ihn mit beiden Händen fort und warf ihn hinter sich.

»Dabei wird einem wenigstens warm«, murmelte er.

»Pass doch auf!«, rief die Krähe empört, als sie von einer Ladung Schnee getroffen wurde.

Sie nieste und schüttelte sich, doch dann kam sie auf die Idee, mit dem Schnee zu spielen. Sie krächzte begeistert, flog gerade so weit weg, dass die nächste Ladung sie nicht treffen konnte, sauste dann im Sturzflug unter die wirbelnde weiße Masse und flatterte mit den Flügeln, dass der Schnee nur so stob.

Als der Eingang endlich freigeschaufelt war, klopfte der Weihnachtsmann höflich an. Drinnen raschelte es leise, dann war nichts mehr zu hören.

»Dürfen wir da überhaupt rein?«

»Na, deswegen sind wir doch hier«, antwortete die Krähe.

Der Weihnachtsmann zog die Tür behutsam auf; die Scharniere, die lange nicht benutzt worden waren, knarrten leise. Ein kalter Geruch nach vergangenen Jahren strömte dem Weihnachtsmann entgegen. In der Ecke sah er einen aus großen Steinen gebauten Ofen. Darin hatte man früher ein Feuer angezündet, das die Steine erhitzte und seine Wärme in die ganze Darre ausstrahlte, nach dem gleichen Prinzip wie ein Saunaofen. Allerdings goss man in einer Darre kein Wasser auf die Steine. In einer Darre trocknete man Getreide. Der Weihnachtsmann glaubte einen Augenblick lang, den Duft trocknender Getreidekörner wahrzunehmen, doch die Darre war leer und verlassen. Über allem lag der traurige Geruch des Vergessens. Als sich seine Augen an das Zwielicht gewöhnt hatten, entdeckte der Weihnachtsmann Anzeichen dafür, dass tatsächlich jemand in der Darre wohnte. Die Lüftungsklappe an der Rückwand war geöffnet, und davor stand eine kleine Leiter. Auf diesem Weg konnte das Geschöpf, das hier hauste, ein und aus gehen.

Der Weihnachtsmann lauschte angespannt. In der eiskalten Darre war es vollkommen still.

»Wie schade, dass eine so schöne Darre leer steht«, sagte er zu der Krähe.

Da kam ein kläglicher Laut aus der dunkelsten Ecke hinter dem Ofen.

»Du meine Güte, ist hier jemand? Komm hervor, wir wollen nur guten Tag sagen.«

Hinter dem Ofen bewegte sich etwas, dann wurde es wieder still.

»Kraak, Weihnachtsmann«, meldete sich die Krähe. »Das ist einer von den Zauberkräftigen, er kann sich nicht jedem zeigen. Du weißt doch Bescheid, du gehörst ja auch irgendwie zu denen.«

Das stimmte. Ohne seine Zauberkraft wäre der Weihnachtsmann ein ganz normaler Mensch gewesen, für den Weihnachten ein schönes Fest war, nicht mehr. Dank seiner Zauberkraft war er etwas Besonderes und zugleich für die meisten Menschen unsichtbar. Nur jemand, der verstand, wie wichtig es war, anderen zu helfen und Freude zu bringen, konnte ihn sehen. Und so, wie der Weihnachtsmann genau darauf achtete, wem er sich zeigte, wollte wohl auch das Wesen, das sich in der Darre versteckte, sichergehen, dass die Ankömmlinge seine magische Aufgabe kannten.

Es galt also zu erraten, wer sich hinter dem Ofen versteckte und welche Aufgabe er hatte. Der Weihnachtsmann überlegte. Die Krähe hatte ihn zu der verlassenen Darre geführt. In der Darre hatte man vor vielen Jahren Getreide gedroschen: In der Wärme, die der Ofen ausstrahlte, war das Getreide getrocknet, sodass man die Körner aus den Ähren schlagen und reinigen konnte. Erst danach konnten die Körner zu Mehl gemahlen werden. Beim Dreschen musste man gut aufpassen: Wenn man das Feuer im Ofen nicht im Auge behielt, konnte die ganze Darre abbrennen.

Es musste jemanden geben, der auch dann über das Feuer wachte, wenn die Menschen erschöpft einschliefen.

»Denk nach, Weihnachtsmann. Du musst selbst darauf kommen.«

Konnte es ein Erdgeist sein? Da hatte der Weihnachtsmann plötzlich eine Eingebung: Es war natürlich ein Wichtel! Die Wichtel ließen sich ja gerne in der Nähe der Menschen nieder und hüteten ihre Gebäude. In den Ställen gab es Stallwichtel, in den Speichern Speicherwichtel und in einer Darre vermutlich einen Darrenwichtel. Der arme Kerl war in der Darre geblieben, als die Menschen fortzogen. Nach so langer Zeit war er vor Einsamkeit sicher schon ganz krank.

»Gut, dass du mich hergeführt hast«, lobte der Weihnachtsmann die Krähe.

Er setzte sich an die Tür und entdeckte hinter dem Ofen eine kleine graue Zipfelmütze, unter der helle Augen hervorschauten.

»Guten Tag, Darrenwichtel«, sagte der Weihnachtsmann. »Könnten wir uns ein wenig unterhalten?«

Der kleine graue Wichtel jauchzte vor Freude und sprang auf den Bretterboden der Darre.

»Juhu! Endlich! Guten Tag, herzlich willkommen! Wie schön, dass ich endlich mit jemandem reden kann, der sich auf Zauberkräfte versteht.«

Der Weihnachtsmann betrachtete den kleinen Wichtel, der glücklich lächelnd vor ihm stand. Der arme kleine Kerl. Man hatte ihn verlassen, er war ganz und gar in Vergessenheit geraten. Er war mager und blass geworden, seine Wangen waren eingefallen. Seine Kleider waren in keinem besseren Zustand als er selbst. Seine Jacke war zwar säuberlich geflickt, doch sie war so alt, dass der Stoff fadenscheinig geworden war. Der Wichtel brauchte neue Kleidung, gutes Essen und fröhliche Gesellschaft, das sah man. Nun galt es, freundlich zu ihm zu sein.

»Wie schön, einen echten Darrenwichtel kennenzulernen. Ich bin der Weihnachtsmann und habe auch ein wenig Zauberkraft. Einmal im Jahr, in der Weihnachtsnacht, kann ich unzählige Kinder besuchen und ihnen meinen Weihnachtsgruß bringen.«

»Schön, dich kennenzulernen und neue Freunde zu finden. Ich bin der Darrenwichtel Onni. Bitte, tretet näher. Ich würde euch gerne etwas zu essen anbieten, aber da die Darre schon lange nicht mehr benutzt wird, habe ich nur einige gefrorene Fichtenspitzen. Darf ich euch davon anbieten?«

Gefrorene Fichtenspitzen! Den Weihnachtsmann schauderte es. Etwas Schlimmeres konnte er sich nicht vorstellen. Hübsch waren sie ja, die jüngsten Nadeln an den Spitzen der Fichtenzweige, aber sie schmeckten stechend und bitter. Hatte der kleine Wichtel sie jeden Winter essen müssen? Aber da der Wichtel ein höflicher Gastgeber sein wollte, musste der Weihnachtsmann das Spiel mitspielen.

»Danke, ich nehme gern eine Fichtenspitze oder zwei. Sie sind so gesund; sie helfen auch gegen Husten.«

Der Wichtel holte geschäftig ein Stück Birkenrinde aus seinem Versteck hinter dem Ofen und legte mit wichtiger Miene vier Fichtenspitzen darauf: zwei für den Weihnachtsmann, eine für sich selbst und eine für die Krähe. Der Weihnachtsmann kaute unter dem besorgten Blick des Wichtels die bitteren Nadeln und stieß die hustende Krähe verstohlen an. Gäste mussten sich anständig benehmen.

»Möchtet ihr noch mehr?«

Der Weihnachtsmann schloss aus der besorgten Miene des Wichtels, dass dieser nicht mehr anzubieten hatte.

»Nein danke, Onni, es ist genug. Aber ich würde gerne hören, wie es dir ergangen ist.«

Darüber freute sich der Wichtel so sehr, dass er einen Purzelbaum schlug.

»Ich sehne mich schon lange nach jemandem, mit dem ich reden kann – auch wenn es nicht viel zu erzählen gibt. Vor einigen Jahren sind die Menschen von hier weggezogen, in ein größeres Haus in der Nähe des Dorfes, und dort brauchen sie keinen Darrenwichtel mehr. Sie haben mich vergessen, mich ohne Beschäftigung zurückgelassen. Alles andere geht ja, selbst das schlechte Essen macht mir nichts aus, aber die Tage werden mir so lang. Ich bekomme selten Besuch, nur ein paar Hasen schauen im Lauf des Winters kurz vorbei.«

Der Wichtel seufzte, drehte die Zipfelmütze in den Händen und erzählte weiter.

»Sicher, die Hasen sind nett, aber ihre Geschichten sind ein bisschen eintönig. Wer ist am weitesten gesprungen, wer am höchsten, und wer wird wohl den nächsten Rekord aufstellen? Ich verstehe mich nicht aufs Springen, ich kann nur schnell laufen und Purzelbäume schlagen. Aber ich lechze nach Beschäftigung. Handwerklich bin ich ziemlich geschickt.«

»Hier hattest du wohl in letzter Zeit nicht viel zu tun?«

»Nein, wirklich nicht. Die Körner, die zwischen die Bohlen gerollt waren, waren schnell aufgelesen, und die letzten Aschereste habe ich schon im Winter vor zwei Jahren aus dem Ofen gekratzt. In den letzten Jahren

habe ich hauptsächlich damit zu tun gehabt, die Spinnen und Mäuse zu vertreiben, die sich zu gern hier niederlassen wollen. Ich möchte sie nicht als Nachbarn haben. Mit Mäusen kann man sich nicht unterhalten, sie kichern die ganze Zeit nur. Und die Spinnweben, iiih! Wenn man sie aus Versehen berührt, braucht man eine Ewigkeit, um seinen Bart wieder in Ordnung zu bringen. Mäuse und Spinnen sollen unter den Fußbodenbrettern bleiben, da haben sie Platz genug.«

»Kann dir der Stallwichtel nicht Gesellschaft leisten oder der Saunawichtel?«

Der kleine graue Wichtel zog ein langes Gesicht, und seine Unterlippe zitterte.

»Die durften mitgehen, als die Menschen weggezogen sind. Zu ihrem neuen Haus gehören ein Stall und eine Sauna, aber keine Darre. Die beiden Wichtel haben mir eine Nachricht geschickt, ich solle nachkommen. Aber was soll ich im Stall oder in der Sauna tun? Da wäre ich doch nur den anderen im Weg. Ich kann nirgendwo hingehen, wo ich keine eigene Aufgabe habe.«

»Kraak, sei nicht traurig. Der Weihnachtsmann hat immer gute Ideen. Vielleicht fällt ihm auch für dich etwas ein«, tröstete ihn die Krähe.

Der Weihnachtsmann überlegte. Onni sah ihn vertrauensvoll an und wartete. Stören würde er mich jedenfalls nicht, dachte der Weihnachtsmann, und Wichtel habe ich immer schon gemocht. Da kam ihm die rettende Idee.

»Du sagst, du bist handwerklich geschickt? Du kannst also Holzarbeiten verrichten und nähen?«

»Meine Jacke habe ich eigenhändig geflickt. Eine saubere Naht, oder?«

»Sehr schöne Stiche. Kannst du auch Borkenboote bauen?«

»Sogar aus Wacholderholz! Im Schnitzen bin ich gut.«

»Und wenn nötig könntest du auch auf ein Kaminfeuer aufpassen?«

»Darin bin ich unschlagbar. Siehst du hier auf dem Fußboden auch nur die kleinste verkohlte Stelle? Nein! Ich habe jeden fliegenden Funken bemerkt und sofort ausgetreten.«

Da stupste die Krähe den Weihnachtsmann an und hüpfte aufgeregt auf und ab.

»Eine Sache noch, Weihnachtsmann. Etwas ganz Wichtiges, das geklärt werden muss, bevor du etwas unternimmst. Komm mit in die Ecke, damit ich es dir zuflüstern kann.«

»Warte mal, Onni. Die Krähe hat eine dringende Frage an mich.«

Sie gingen an die Tür. Onni zog sich die graue Zipfelmütze höflich über die Ohren, um nicht zu hören, was die Krähe flüsterte.

»Kraak! Mir scheint, du willst ihn einladen, bei uns zu wohnen, stimmt's, Weihnachtsmann? Das ist sehr anständig von dir, aber ich bin nur unter einer Bedingung einverstanden. Unter einer wichtigen Bedingung.«

»Du bist selbst gerade erst ins Haus gekommen und willst Bedingungen stellen? Na, dann sag mal, worum es geht.«

»Es ist außerordentlich wichtig. Absolut und extrem bedeutsam. Aber ich möchte Onni selbst fragen.«

Der Weihnachtsmann war ein wenig beunruhigt. Was hatte sich der komische Vogel diesmal einfallen lassen?

Die Krähe trippelte wichtigtuerisch zu dem Wichtel, blieb auf einem Bein stehen, kniff die Augen zusammen und räusperte sich.

»Kröch und kraak. Der Weihnachtsmann und ich brauchen noch eine Antwort von dir, unbedingt.«

»Ich antworte gern.«

Die Krähe drehte sich zum Weihnachtsmann um, wechselte das Standbein und räusperte sich noch einmal.

»Wie ist es mit dem Kraulen?«

»Wie bitte?«

»Wie gut kannst du kraulen, Onni? Würdest du mir vielleicht eine Probe liefern? Meine Nackenfedern jucken fürchterlich.«

Der Krähenjunge drängte sich bereits vor Begeisterung schielend gegen die Hand des Wichtels.

»Meine liebe Krähe, du benimmst dich daneben«, tadelte der Weihnachtsmann.

»Ja, stimmt, aber ich musste es einfach probieren. Der hier kann noch besser kraulen als du. Ich verspreche, diesen Wichtel immer gernzuhaben.«

»Wir würden wohl alle gut miteinander auskommen. Onni, was hältst du davon, mit uns zu kommen? Arbeit in der Darre kann ich dir nicht versprechen, aber du könntest Borkenboote schnitzen, Stoffpuppen nähen und dir noch anderes Spielzeug ausdenken. Und das Kaminfeuer dürftest du hüten, sooft du willst.«

»Und ich bräuchte keine Fichtenspitzen mehr zu essen?«

»Nie mehr. Bei uns gibt es Brei und im Sommer Beeren.«

»Juhu!«, rief der Wichtel, und im Laufe des Abends waren von ihm noch viele Jauchzer zu hören. Der erste ertönte bereits, als das Haus am Korvatunturi in Sicht kam, der nächste, als Kyksi die Ankömmlinge begrüßte, und der dritte, als sie das Haus betraten. Der Wichtel jubelte, als er sich an den Esstisch setzte, und strahlte über das ganze Gesicht, als er sich in der warmen Sauna waschen durfte.

Schließlich legte er sich auf das Lager, das ihm der Weihnachtsmann auf der Wandbank bereitet hatte, und schlief erschöpft ein. Der Weihnachtsmann blieb noch eine Weile am Kaminfeuer sitzen und streichelte die schläfrige Krähe.

»Wie gut, dass du bei deinem Flug durch den Wald so aufmerksam warst. Es ist schön, dass der Wichtel jetzt bei uns wohnt.«

»Ja, sehr schön«, seufzte die Krähe.

»Er wird mir sicher eine große Hilfe sein. Denk doch nur, wie viele Geschenke wir zu zweit anfertigen können!«

Die Krähe nickte und schlief ein, und der Weihnachtsmann betrachtete das Feuer, das allmählich verlosch. Vor Wohlbehagen lachte er leise. Dann merkte er, dass auch er müde wurde. Er stand auf, legte die Krähe sorgsam auf ihr Baumflechtenlager und zog die Bettdecke des Wichtels zurecht. Onni dehnte sich genüsslich und lächelte im Schlaf.

6

War das ein schönes Leben! Am nächsten Morgen konnte der Weihnachtsmann in aller Ruhe sein Vormittagsschläfchen halten, denn die Krähe hielt sich an den Wichtel Onni, wenn sie gekrault werden wollte. Der Wichtel sorgte auch dafür, dass das Kaminfeuer behaglich brannte. Kyksi flatterte fröhlich auf dem Hof herum, und in der Stube war es warm und gemütlich.

Es begann zu schneien, in großen, schönen Flocken. Es waren viele, so viele, dass niemand sie zählen konnte. Jede Schneeflocke hatte sechs Zacken, deren Ränder von winzig kleinen Ornamenten gesäumt waren. Wenn man ganz genau hinschaute, glichen die Schneeflocken winzigen Sternen, und wenn man es schaffte, ihre zerbrechliche Schönheit zu betrachten, bevor sie schmolzen, erkannte man, dass jede Schneeflocke ein wenig anders geformt war als die anderen.

Einige der Schneeflocken in Finnisch-Lappland tragen einen Zauber in sich. Wenn sich ein Kind etwas Schönes wünscht oder eine gute Tat vollbringt, entsteht hoch oben am Himmel ein Schneestern, der den ganzen langen Weg bis zum Berg Korvatunturi schwebt. Die besondere Form des Berges macht es möglich, dass der Weihnachtsmann die guten Taten und schönen Wünsche der Kinder in aller Welt hört. Dann schreibt er sie in sein großes Buch. Es gab Kinder, die ihren Großeltern oder Nachbarn

geholfen hatten, eines hatte sich um seinen kleinen Bruder gekümmert, ein anderes freiwillig aufgeräumt, sodass seine Eltern sich ausruhen konnten, ein drittes freundlich mit einem Mitschüler geredet, der von den anderen Kindern geschnitten wurde. Manche wünschten ihrem Lehrer Kraft, ihrem kranken Vetter Gesundheit oder ihrem arbeitslosen Vater eine neue Stelle. Am schönsten klang es in den Ohren des Weihnachtsmannes, wenn ein fröhliches Kind sich ein schönes Weihnachtsfest wünschte. Viele wünschten sich auch Geschenke und gutes Essen, und auch dafür hatte der Weihnachtsmann Verständnis. So etwas gehörte schließlich zum Fest. Der Weihnachtsmann vermerkte alle Wünsche in seinem Buch und freute sich darauf, an Weihnachten wieder allen Kindern der Welt Glück und Freude zu bringen. Sein großes Buch war schon zur Hälfte gefüllt.

Onni hatte sich lange am Herd zu schaffen gemacht. Ein wunderbarer Duft erfüllte die Stube. Der Weihnachtsmann wurde zu Tisch gebeten, und Onni wartete gespannt darauf, dass er von der Speise kostete.

»Schmeckt es?«

»Einen guten Brei hast du da gekocht, allerdings mit weniger Salz, als ich es gewöhnt bin.«

»Man darf nicht zu viel Salz nehmen. Das ist ungesund, Weihnachtsmann. Aber wenn du willst, kann ich nachsalzen.«

»Lass nur. Vielleicht gewöhne ich mich daran.«

Der Wichtel selbst aß kaum etwas. Er wippte nervös auf der Bank hin und her. Der Weihnachtsmann sah, dass er etwas auf dem Herzen hatte.

»Willst du mich etwas fragen?«

»Ja, aber ich weiß nicht, ob es sich schickt. Ich hätte eine Bitte … Ach nein, ich will dir keine Mühe machen. Entschuldige. Vergiss es.«

»Kraak, jetzt fragst du gefälligst. Fragen kann man immer, das nimmt dir der Weihnachtsmann nicht übel. Nun red schon, Wichtel.«

»Du darfst Onni nicht so drängen, Krähe. Lass ihm Zeit.«

»Die Krähe hat mir gesagt, dass du dort im Schrank ein Stück Stoff hast. Und ich habe ja nur diese Jacke und die eine Hose, und beide haben schon wieder ein neues Loch. Ich weiß nicht, ob ich sie noch einmal stopfen kann. Dürfte ich wohl ein kleines Stück von dem Stoff als Flicken benutzen?«

Der Weihnachtsmann war verlegen. Daran hätte er selbst denken sollen! Den ganzen Vormittag hatte er verschlafen und die fadenscheinige Kleidung des Wichtels ganz vergessen.

»Natürlich darfst du dir von dem Stoff nehmen, so viel du willst. Am besten nähst du dir gleich eine neue Hose und eine Jacke dazu. Eine Nadel findest du auf dem Fensterbrett, und das Garn liegt gleich dahinter.«

»Juchhu! Danke, lieber Weihnachtsmann!«

Und so saß der Wichtel bald darauf mit vor Eifer geröteten Wangen am Kamin und ließ die Nadel fliegen. Jacke und Hose waren im Nu fertig, und der Stoff reichte auch noch für eine lustige Zipfelmütze. Nun fehlte nur noch die Quaste.

»Ich nähe eine länglich ovale, flauschige Quaste. Solche Quasten haben nur aktive Darrenwichtel«, erklärte Onni ernsthaft. »Größe und Form der Quasten sind genau festgelegt, und diese Tradition wird von Generation zu Generation weitergegeben. Die Saunawichtel zum Beispiel haben eine stabförmige Troddel mit rundem Ende. Bei den Stallwichteln ist die Quaste bauschig, aber von der Form her dezent. Die Quasten sind wichtig, damit man schon von Weitem erkennt, zu welcher Gruppe ein Wichtel gehört.«

»Aber du bist doch kein Darrenwichtel mehr«, entschlüpfte es der Krähe. »Du hast ja gar keine Darre.«

Das fröhliche Lächeln verschwand vom Gesicht des Wichtels, und seine Augen wurden feucht. Der Weihnachtsmann funkelte die Krähe böse an. Sie steckte beschämt den Kopf unter den Flügel, denn sie wusste, dass sie etwas Schlimmes gesagt hatte, wenn auch nicht in der Absicht, den Wichtel zu verletzen.

»Man muss nicht alles laut sagen, Krähe. Entschuldige dich bei Onni, sofort!«

»Bitte verzeih mir, Onni, es war nicht so gemeint.«

Onni nickte und schniefte. Da hatte der Weihnachtsmann eine Idee.

»Du bist tatsächlich kein Darrenwichtel mehr. Du bist ein Weihnachtswichtel, und zwar der erste, den es gibt. Deshalb musst du jetzt eine neue Quaste entwerfen, an der man dich als Weihnachtswichtel erkennt.«

Onnis Miene hellte sich auf. Freudestrahlend wickelte er sich Wollfäden um die Finger.

»Weihnachtswichtel ... Das klingt toll! Die Quaste muss also etwas ganz Besonderes sein. Vielleicht oval wie bei den Darrenwichteln, aber an der Spitze abgerundet wie bei den Saunawichteln und dezent nach Art der Stallwichtel. Die grüne Farbe der Waldwichtel wäre schön, aber vielleicht übernehme ich doch lieber das Rot der Schmiedewichtel, oder was meint ihr?«

Die Quaste wurde so schick wie der ganze Anzug. Onni war über alle Maßen stolz auf seinen neuen Anzug und nähte rasch noch fröhlich rote Zierstreifen an. Jubelnd schlug er einen Purzelbaum nach dem anderen, sodass dem Weihnachtsmann ganz schwindlig wurde.

»Hör auf, mein lieber Wichtel, sonst tust du dir noch weh. Du bist wirklich ein lustiges Kerlchen. Anfangs hatte ich allerdings Angst, du würdest nach deiner langen Einsamkeit pausenlos reden.«

»Ich hätte eine Menge zu erzählen, Lustiges und Trauriges, aber das eilt nicht. Ein andermal, wenn es euch recht ist. Gerade jetzt ist es so schön, gemeinsam still zu sein.«

»Stimmt, Onni. Manchmal ist es gut, gemeinsam zu schweigen, nur dem Knistern des Kaminfeuers und dem klirrenden Frost zu lauschen.«

So saßen sie bis zum Anbruch der Nacht beieinander, jeder für sich beschäftigt. Die Krähe putzte sich sorgfältig das Gefieder und übte anschließend, auf einem Bein zu stehen. Der Weihnachtsmann blätterte in seinem dicken Buch, in das er nach Weihnachten die neuen Botschaften von braven Kindern eingetragen hatte, die ihm die Schneeflocken gebracht hatten. Kyksi bekam ihre fünfzehn platt gedrückten Getreidekörner und zog sich zum Schlafen in ihr Nest unter der Traufe zurück, und der Wichtel nähte aus den Resten des Stoffes für seinen Anzug kleine Flickenpuppen.

Tag um Tag verging. Onni beschäftigte sich im Haus und auf dem Hof. Der Weihnachtsmann musste ihn immer wieder bremsen, denn der Wichtel war nach seiner langen Einsamkeit noch schwach. Doch bald wurden seine Wangen runder, und ehe er sich versah, musste er seine neue Hose weiter machen.

»Bei dir gibt es leckere Mahlzeiten, Weihnachtsmann. Mir scheint, ich esse zu viel. Jedenfalls werde ich allmählich kugelrund. Hoffentlich esse ich dir nicht die Vorräte weg?«

»Keine Sorge, Onni. Iss nur ordentlich, damit du Kraft hast, um zu arbeiten.«

Tatsächlich arbeitete der Wichtel unermüdlich. Er schnitzte ein Borkenboot nach dem anderen, setzte einen Span als Mast hinein und befestigte daran ein Stück weiche Birkenrinde als Segel. Die Stoffpuppen füllte er mit der langen, weichen Bartflechte, die er von den Fichtenzweigen zog und aus der er auch lustige runde Teddybären bastelte. Aber von Zeit zu Zeit, wenn er sich unbeobachtet glaubte, schluchzte der Wichtel leise und wischte sich die Augen.

»Was meinst du, Krähe, sollte ich Onni fragen, was ihn bedrückt?«

»Lass nur, Weihnachtsmann. Auch wenn wir alle unter einem Dach leben, muss doch jeder etwas für sich behalten dürfen. Kyksi erzählt mir auch nicht alles, obwohl ich ihr großer Bruder bin. Sie verheimlicht mir etwas, irgendetwas Großes.«

»Unsinn. Sie ist viel zu klein für große Geheimnisse, auch wenn sie sich noch so viel einbildet.«

Der Weihnachtsmann lachte schallend, als er daran dachte, wie die kleine Sumpfmeise immer wieder beteuerte, sie habe das Zeug zur Heldin. Aber der Krähenjunge lachte nicht mit.

»Wer weiß, womöglich wird sie uns eines Tages alle überraschen. Auch kleine Geschöpfe können Geheimnisse haben. Aber lass Onni nur Zeit. Wenn er bereit ist, erzählt er uns sicher, was ihm Kummer bereitet.«

7

In der Hütte am Korvatunturi gab es reichlich zu tun, denn die Kleintrolle schienen noch mehr Schabernack zu treiben als zuvor. Zuerst musste die ganze Stube geputzt werden, weil die Tür einen Moment lang offen gestanden hatte und die Trolle Zweige und Tannennadeln auf den Fußboden geworfen hatten. Dann entdeckte der Weihnachtsmann unter seiner Bettdecke einen ganzen Haufen stachelige Fichtenzapfen. Auch die großen Trolle waren nicht müßig gewesen. Die großen Säcke mit den Geschenken, die im Speicher standen, waren schon zweimal auf dem Hof ausgekippt worden, und die sorgfältig aufgestapelten Holzscheite für die Sauna waren in den Schnee geworfen worden. Diesen Schaden zu beheben war schon mühsamer. Der Weihnachtsmann war sich nicht ganz sicher, ob er Grund zur Besorgnis hatte.

Er ahnte Böses, wusste aber nicht, wie nahe er damit der Wahrheit kam. Weit weg, am anderen Ende Lapplands, hatte der Staalo es geschafft, in dem riesigen Ofen im Innern seines Berges wieder Feuer zu machen. Vom Gipfel des Berges stieg grünlicher Rauch auf, der überall einen merkwürdigen süßlichen Geruch verbreitete. Anständige Tiere verabscheuten diesen Geruch, aber auf die Trolle wirkte er berauschend. Ihre langen Nasen zitterten, und sie krochen verzückt aus ihren Löchern, wie

der Staalo es erwartet hatte. Der Zauberduft sollte sich ausbreiten und die Trolle hervorlocken. In der nächsten Vollmondnacht würde der Staalo dann ausziehen und sich einen nach dem anderen schnappen. Er brauchte neue Trolle für seine Kampftruppe. Je mehr, desto besser. Unermüdlich hatte er seine uralten Zaubersprüche geübt, bis er wusste, dass er imstande war, selbst die größten Trolle mit seinem Blick in den Bann zu ziehen.

Auf dem Zauberberg übten die Trolle mit angelegten Ohren, sich gegenseitig in vollem Lauf zu Fall zu bringen. Ein Höhlentroll hatte den Befehl bekommen, sich mit voller Kraft auf einen Dunkeltroll zu stürzen, doch ein kleines Ausweichmanöver und ein gezielter Stoß gegen die Schulter genügten, und der Dunkeltroll warf den fast doppelt so großen Höhlentroll zu Boden.

»Autsch, das hat wehgetan«, klagte der Höhlentroll und rieb sich die Seite. »Ich bin wohl mit der Rippe auf einen spitzen Stein gefallen. Lass uns eine kleine Pause machen, der Staalo wird es schon nicht merken.«

»Entschuldige, dass ich dir wehgetan habe. Was hat der Staalo eigentlich vor?«

»Ich habe von den neuen Steintrollen gehört, dass wir gegen Ende des Jahres am Korvatunturi einen großen Angriff starten. Dort soll der Weihnachtsmann einen unermesslichen Schatz haben, den der Staalo ergattern will.«

»Gold und Edelsteine? Oder feine weiße Pelze? Mir würden Perlen gefallen.«

»Weder Gold noch Pelze. Der große Schatz ist angeblich ein winziger Stein, den der Weihnachtsmann um den Hals trägt.«

»Ein merkwürdiger Schatz. Aber an den Plänen des Staalo können wir uns ja keine Kritik erlauben. Am besten stellt man keine Fragen und tut, was einem gesagt wird. Komm, lass uns noch einmal die Ausweichbewegung üben.«

Der Staalo stand abseits und beobachtete die exerzierenden Trolle. Wenn sie weiter übten, würden sie brauchbare Kämpfer werden, und mit einer starken Trolltruppe würde es ihm gelingen, dem Weihnachtsmann seinen wundermächtigen Polarlichtstein zu rauben.

»Bald gehört die Macht des Polarlichts mir ganz allein, und dann werden der Weihnachtsmann und Sampo böse Überraschungen erleben«, murmelte der Staalo und lachte böse.

Wenn der Staalo seine Drohungen ausstieß, schauderte es den Weihnachtsmann in seiner Stube. Er verstand nicht, woher seine bösen Ahnungen kamen. Hätte er den Polarlichtstein, der auf seiner Brust lag, genau angesehen, dann hätte er bemerkt, dass er an einer Seite beschlug. Doch der Weihnachtsmann schüttelte sich nur, spürte eine seltsame Furcht im Herzen und beschloss, sie zu verdrängen.

Im schneereichen lappischen Winter folgte ein Tag auf den anderen. Es war nur ein paar Stunden lang hell, und in dieser kurzen Zeit gab es viel zu erledigen. Der Weihnachtsmann holte vom Holzstapel an der Wand des Speichers Kaminholz ins Haus, hackte ein Loch in den zugefrorenen Bach und trug das eiskalte Wasser in großen Eimern in die warme Stube. Die einfache Arbeit und der Aufenthalt an der frischen Luft stimmten ihn froh und glücklich.

Als der Frost einmal nachließ, flog die Krähe herum und suchte Hilfsbedürftige. Gemeinsam mit Kyksi und dem Wichtel Onni brachte sie den Eichhörnchen Heubüschel, mit denen sie ihr Nest warm ausstopfen konnten, und grub den Lemmingfamilien sichere Tunnel in den Schnee. Viel schafften die drei allerdings nicht, denn es wurde bald wieder dunkel. Kaum war die Sonne am Horizont erschienen, da ging sie auch schon wieder unter, und es wurde wieder kälter. Die weiß schimmernde Schneedecke wurde höher und höher, und bald verbarg sie alles: Wiesen, Seen, Sümpfe, Bäche und sogar die Wälder. Der Schnee war so weiß, dass das Licht der Sterne ausreichte, um die nächtliche Winterlandschaft zu erhellen.

Der harte, trockene Frost hielt lange an, und als die Zeit des vollen Mondes wieder kam, wachte der Weihnachtsmann mitten in der Nacht auf. Es war genau die richtige Nacht für eine einsame Skiwanderung. Er zog sich leise an, streichelte die Nackenfedern der schlafenden Krähe, zog die Bettdecke des Wichtels zurecht und schlüpfte aus dem Haus.

»Pju! Wohin willst du denn mitten in der Nacht?«

»Pst, Kyksi, schlaf nur weiter. Ich will ein Weilchen Ski laufen.«

»Das ist ja völlig verrückt. Aber nur zu, wenn du unbedingt willst.«

Eine Skiwanderung mitten in der Nacht war spannend. Das Mondlicht tauchte die Umgebung in merkwürdige Farben, und die vertraute Landschaft wirkte erstaunlich fremd.

Der Weihnachtsmann ließ die Skier gemächlich über den harten Schnee gleiten und lauschte auf die Stimmen der Nacht. Es war so lange windstill und kalt gewesen, dass sich auf den Zweigen trockener, staubfeiner Schnee gesammelt hatte, den der kleinste Windstoß aufwirbelte. Der Weihnachtsmann blickte zu den Baumwipfeln auf. Da blies der Wind in eine der Schneehauben, und der Schnee schwebte herab wie eine dunstige Rauchwolke, die immer dünner wurde und sich schließlich in schimmernden Nebel verwandelte, bevor sie das Gesicht des Weihnachtsmannes erreichte. Er stand lange unter den Bäumen und genoss die Berührung der kalten Schneewolke.

Dann stieß er sich mit den Skistöcken ab, und die Skier glitten wieder knirschend über den Schnee. Der Atem dampfte in der kalten Luft, und der Wind trug den Geruch des eisigen Waldes heran. Irgendwo von weither war das Heulen der Wölfe zu hören, die sich Nachrichten zuriefen.

»Wouu-uu! Und wie geht es Tante Fahl? Tut ihr die Pfote noch weh?«

»Wouu-u-uu! Es geht ihr schon besser, und unser kleiner Schwarzschopf hat gerade neue Eckzähne bekommen.«

»Das ist ja toll. Aber wer läuft dahinten am Korvatunturi um diese Zeit Ski? Doch wohl nicht etwa einer von Staalos Trollen?«

»Hoffentlich nicht! Warte mal, ich horche genauer hin. Ach ja, dem Geräusch der Skier nach ist es nur der Weihnachtsmann. Vom Staalo hat man zum Glück schon lange nichts mehr gehört.«

»Wouu! Der soll nur ruhig auf seinem Berg bleiben, mitsamt seinen Trollen. Aber reden wir ein andermal weiter, ich muss jetzt unseren Bau putzen!«

Der Weihnachtsmann amüsierte sich über den Putzeifer der Wölfe, und er war zufrieden mit den Nachrichten, die er gehört hatte. Der Staalo schien weit weg; zwischen seinem Berg und dem Korvatunturi lagen viele Fjells und zahllose weite Moore. Vielleicht ließ er den Weihnachtsmann von nun an tatsächlich in Ruhe.

Als der Weihnachtsmann gerade ein großes, zugefrorenes Moor überquerte, bemerkte er das Polarlicht, das nach langer Zeit wieder einmal am Himmel erschien. Es begann als grüner Dunst irgendwo im All und entfaltete sich dann zu einem bauschigen Vorhang aus Licht, der aufflammte und glühte. Im schönsten Moment kam ein roter Glanz hinzu. Der Weihnachtsmann blieb stehen und bewunderte das Schauspiel. Der Stein auf seiner Brust bebte leicht, und der Weihnachtsmann spürte, wie sein Herz vor Sehnsucht und Freude anschwoll. Das Polarlicht tanzte noch eine Weile am Himmel und entschwand. Der Skiausflug geriet dem Weihnachtsmann allerdings ein wenig zu lang, und er kroch erst in den frühen Morgenstunden erschöpft ins Bett. Deshalb war er schlecht gelaunt, als die Krähe ihn am Morgen mit ihrem hungrigen Krächzen weckte. Er wärmte das Essen vom Vortag auf und stellte es der Krähe und dem Wichtel hin, ohne auch nur guten Morgen zu wünschen. Die beiden saßen verwundert am Tisch und sahen sich furchtsam an. Die Unterlippe des Wichtels zitterte; er konnte ganz und gar nicht verstehen, warum der Weihnachtsmann so wütend war.

Der Weihnachtsmann setzte sich mit finsterer Miene an den Tisch und löffelte seinen Brei. Er schaute zum Fenster hinaus und sah, dass es nach der sternklaren Nacht nun wieder heftig schneite. Also würde er den Pfad vor dem Haus freischaufeln müssen, und dazu hatte er überhaupt keine Lust. Während er Schnee schippte, würde Kyksi fragend und plappernd um ihn herumflattern. Das hatte ihm immer Freude bereitet, doch heute schien ihm auch diese Aussicht ermüdend. Warum musste der Winter so lang sein, und warum schneite es dauernd? Wenn doch immer Sommer wäre, dann brauchte man kein Kaminholz ins Haus zu tragen und keinen Schnee zu schippen.

Der Weihnachtsmann zog den Mantel an und setzte die Mütze auf, aber seine Handschuhe fand er nicht. Er guckte unter die Bank, klopfte die Manteltaschen ab und schaute sogar in den Kochtopf, doch die Handschuhe waren und blieben verschwunden. Er wollte gerade die Krähe um Hilfe bitten, als er seine Fäustlinge auf der Bank entdeckte, unter dem Hinterteil des Wichtels.

»Musstest du dich ausgerechnet dahin setzen? Du hockst in aller Seelenruhe auf meinen Handschuhen, nach denen ich überall suche! Hast du keinen besseren Platz gefunden?«

Wie entsetzlich! Dem Wichtel stiegen Tränen in die Augen. Die Krähe sah den Weihnachtsmann vorwurfsvoll an. Der schämte sich plötzlich. Warum in aller Welt hatte er den kleinen Wichtel so wütend angefahren? Onni konnte doch nichts dafür, dass es schneite und er müde war.

Onni schniefte und wischte sich die Tränen ab.

»Ich kann mir einen besseren Platz suchen«, sagte er mit belegter Stimme. »Sicher komme ich jetzt wieder in der Darre zurecht, der Winter ist ja fast vorbei. Die anderen kommen schließlich auch zurecht, die vergessenen Darrenwichtel, Saunawichtel, Stallwichtel und all die anderen, aus denen sich keiner mehr etwas macht. Warum soll es mir besser ergehen?«

»Welche anderen Darrenwichtel?«, fragte der Weihnachtsmann verwundert.

»Alle meine Vettern und Kusinen ersten und zweiten

Grades und deren Vettern und Kusinen. Es gibt viele vergessene Wichtel. Ihretwegen war ich so bedrückt, auch wenn ich versucht habe, es nicht zu zeigen.«

Plötzlich heulte der Wichtel laut auf. Oje, dachte der Weihnachtsmann. Das war es also, worüber Onni sich so gegrämt hatte, das Schicksal der anderen vergessenen Wichtel. Er hatte diesen Kummer zu lange ganz allein mit sich herumgetragen.

»Entschuldige, Onni. Ich hätte dich nicht so anfahren dürfen, nur weil ich schlechte Laune hatte. Bitte geh nicht zurück in deine kalte Darre. Ohne dich wäre ich doch verloren. Du brauchst auch nicht immer heiter und lustig zu sein. Jeder darf sich grämen, aber wenn der Kummer zu groß wird, sollte man gemeinsam mit den anderen überlegen, ob man vielleicht etwas tun kann. Dann ist einem gleich leichter ums Herz. Du darfst traurig sein, ab und zu auch schlecht gelaunt, solange du nur nicht tobsüchtig wirst. Wenn du kannst, dann verzeih mir meine bösen Worte. Und vielleicht erzählst du mir mehr von den anderen vergessenen Wichteln.«

Das tat Onni. Seine Menschen waren nicht die einzigen, die fortgezogen waren und ihre Darren und Rauchsaunas aufgegeben hatten. Die Stallwichtel machten sich allmählich Sorgen, weil es immer weniger Pferde gab. Auch die Mühlenwichtel schienen nach und nach in Vergessenheit zu geraten, erst recht die Schmiedewichtel, von denen nur noch wenige gebraucht wurden, um die Feuer in den letzten Schmieden zu hüten. Onni wusste nicht ganz genau, wie viele seiner Vettern und Vettersvettern sich mutterseelenallein nach neuen Aufgaben und nach Gesellschaft sehnten.

Der Weihnachtsmann malte sich aus, wie die kleinen Wichtel in ihren Darren, Ställen und Saunas vergeblich warteten, wie sie abmagerten und blass wurden, weil sie nichts zu tun hatten. Wenn sie doch eine neue Beschäftigung fänden und wieder rund und fröhlich würden wie sein kleiner Weihnachtswichtel.

»Kraak, kümmert sich denn keiner mehr um mich? Will mich niemand trösten? Ich habe auf einmal einen fürchterlichen Schnupfen bekommen!«

Der Weihnachtsmann nahm die tränenüberströmte, schniefende Krähe auf den Schoß und klopfte dem kleinen Wichtel aufmunternd auf die Schulter. Der Wichtel seufzte, legte Kaminholz nach und starrte apathisch in die Flammen.

Onnis Geschichte ging allen nahe. Selbst Kyksis Flugkunststücke hellten die Stimmung nicht auf. Nach einer Weile begann Onni, kleine Vögel aus Holzspänen zu schnitzen, die Krähe übte sich nachdenklich im Zehenwackeln, Kyksi flatterte ums Haus, und der Weihnachtsmann blätterte in seinem großen Buch. So viele Kinder hofften auf Besuch vom Weihnachtsmann, und er wollte jedem von ihnen wenigstens ein kleines Geschenk mitbringen. Aber er hatte nicht genug Gaben, und Onni, so flink und geschickt er auch war, würde es nicht schaffen, so viele Geschenke zu basteln. Also musste der Weihnachtsmann das Buch beiseitelegen und mithelfen.

Er nahm eine Nadel und versuchte, den Faden durch das Öhr zu ziehen. Verglichen mit Onni war er ein langsamer Näher. Er wusste, dass er sich viel besser darauf verstand, die Wünsche der Kinder zu hören und aufzuschreiben, als darauf, Spielzeug zu basteln. Wenn er doch jemanden hätte, der ihm dabei half.

Da hatte er plötzlich die Lösung! Er brauchte Hilfe bei der Anfertigung der Geschenke und bei der Hausarbeit, und gleichzeitig gab es müßige Wichtel, deren einziger Wunsch es war, nicht länger untätig zu sein.

»Juchhu!«, antwortete der Wichtel auf den Vorschlag des Weihnachtsmannes. »Was bist du doch für ein feiner Kerl!«

Die Krähe war derselben Meinung.

8

Am nächsten Tag standen alle früh auf. Die nächtliche Dunkelheit begann gerade erst, dem zauberhaften blauen Schimmer des lappischen Wintermorgens zu weichen, als der Wichtel bereits den Frühstücksbrei kochte. Der Weihnachtsmann gab Kyksi ihre Körner und schärfte ihr ein, beim Haus zu bleiben und aufzupassen. Dann packte er Fladenbrot als Proviant in seinen Rucksack und stopfte noch einen Reserveschal dazu. Der Ranzen schaukelte fröhlich auf seinem Rücken, als er sich die Skier anschnallte. Die lange Reise begann.

Die Krähe hatte die schwerste Aufgabe. Sie musste zu allen Wichteln in der näheren Umgebung fliegen, denn jeder von ihnen sollte all seinen Vettern und Vettersvettern eine wichtige Nachricht übermitteln.

»Kraak, kraak! Habt ihr wirklich alles richtig verstanden? Der Weihnachtsmann hat mich die Botschaft ganz oft aufsagen lassen. Ein für alle Mal ein wenig zu oft, wenn du mich fragst.«

»Ich wiederhole einfach mal, was du gesagt hast«, antwortete die Stallwichtelin, bei der die Krähe gelandet war. »Jeder Wichtel, der ohne Beschäftigung ist, wird als Weihnachtswichtel in das Haus des Weihnachtsmannes am Korvatunturi eingeladen. Brei, Arbeit und fröhliche Gesellschaft garantiert.«

»Genau. Ein für alle Mal korrekt. Und diese Botschaft

soll an so viele wie möglich weitergegeben werden. Aber jetzt muss ich wieder los. Kraak!«

Der Weihnachtsmann und Onni waren unterdessen auf dem Weg zu einer verlassenen Schmiede, in der Onni einen entfernten Vetter vermutete.

»Der Schmied ist fortgezogen, und der Wichtel ist in der leeren Schmiede zurückgeblieben. Er entstammt einer altehrwürdigen und arbeitsamen Schmiedewichtelfamilie, die für ihre Tierfreundlichkeit berühmt ist. Ich habe lange nichts mehr von ihm gehört.«

»Bald werden wir sehen, wie es ihm geht. Komm, setz dich auf meinen Rucksack und halte dich an meinem Kragen fest, dann preschen wir in voller Fahrt den langen Hügel hinunter.«

Die Skier trugen sie im Nu den Abhang hinab, über einen zugefrorenen Sumpf und zum nächsten Berg. Nach zwei weiteren Sümpfen ging es einen steilen Hügel hinauf, der auf der anderen Seite sanft abfiel. Unten im Tal kamen sie an einen kleinen Fluss, an dem eine alte, verlassene Schmiede stand, deren Dach bereits schief geworden war.

»Hoffentlich kommen wir nicht zu spät«, seufzte der Weihnachtsmann und klopfte Onni, der die einsame Schmiede traurig musterte, teilnahmsvoll auf die Schulter. Im Schnee vor dem Gebäude waren die unterschiedlichsten Fährten zu sehen: Hasen, Eichhörnchen, Füchse, Mäuse, Maulwürfe, Schneehühner und sogar ein Bär waren vor der Schmiede herumgelaufen.

»Juchhu! Es ist doch noch alles in Ordnung«, jubelte der Weihnachtswichtel.

Der Weihnachtsmann verstand gar nichts. Was hatten diese Spuren zu bedeuten? Der Schmiedewichtel lief doch wohl nicht auf Hasenpfoten oder Bärentatzen? Da ging die Tür auf, und eine fröhliche Schar verschiedener Tiere des Waldes stürmte ins Freie. Ihnen folgte ein magerer und blasser, aber fröhlich lächelnder Wichtel mit schwarzem Bart.

»Juchhu! Ist das nicht mein entfernter Vetter, der Darrenwichtel Onni? Gut schaust du aus mit deiner neuen Zipfelmütze. Komm her, damit ich dich umarmen kann!«

»Mein lieber Vetter, Schmiedewichtel Oiva, wie gut, dass wir dich gefunden haben. Wie man sieht, kümmerst du dich um die Tiere, genau wie früher.«

»Ich bin froh, wenn ich etwas zu tun habe, denn die Schmiede arbeitet schon seit Jahren nicht mehr. Die Tiere bringen mir zum Dank manchmal einen getrockneten Pilz oder gute Beeren oder wenigstens eine gefrorene Fichtenspitze, wenn sie sonst nichts haben. So bin ich schon durch mehrere Winter gekommen. Aber wer ist denn dein Begleiter?«

»Darf ich vorstellen, der Weihnachtsmann. Er hat mich als Helfer angestellt und mich zum Weihnachtswichtel gemacht.«

»Zum Weihnachtswichtel? Deshalb also die neue Quaste. Sehr hübsch. Guten Tag, Weihnachtsmann. Ich hatte schon Gerüchte gehört, am Korvatunturi sei jemand eingezogen, der Zauberkräfte besitzt.«

»Guten Tag, Schmiedewichtel Oiva. Zauberkräfte habe ich allerdings nur einmal im Jahr, wenn ich den Kindern die Botschaft der Freude und der Freundschaft bringe. In der restlichen Zeit versuche ich, kleine Geschenke für sie zu basteln, und dabei hilft mir Onni. Aber warum in aller Welt ist die Schmiede voller Tiere?«

»Im Laufe des Winters kommen viele Waldtiere zu mir, wenn sie Hilfe brauchen. Das Schneehuhn ist gestern weggeflogen, jetzt sind noch fünf Patienten hier: ein Eichhörnchen mit Ohrenschmerzen, ein Hase, der sich den Schwanz verstaucht hat, ein Fuchs mit verdorbenem Magen, eine hustende Maus und ein Bär, der über Schlaflosigkeit klagt. Alle Tiere lassen sich gern von mir helfen, nur die Polarfüchse nicht. Von diesen entzückenden Geschöpfen habe ich noch keines zu Besuch gehabt. Aber ihr anderen, sagt dem Weihnachtsmann und seinem Weihnachtswichtel schön guten Tag!«

Sie mussten sich die Ohren zuhalten, als die Tiere allesamt ihren Gruß riefen, schrien und piepsten. Der Wirrwarr der Tierstimmen belustigte den Weihnachtsmann, und als der Bär mitten in seiner Begrüßung gähnte, lachten alle laut auf. Der Bär schaute sie verwirrt an, rieb sich verschlafen die Augen und trollte sich wieder ins Halbdunkel der Schmiede.

»Und wie ihr sicher gemerkt habt, sind alle auf dem Weg der Besserung«, erklärte der Wichtel Oiva, als sich der Lärm endlich gelegt hatte.

»Das ist gut, denn ich möchte dir einen Vorschlag machen, lieber Oiva. Wie wäre es, wenn du als Weihnachtswichtel in mein Haus am Korvatunturi kämest?«

Oiva machte ein langes Gesicht und ließ die Schultern hängen.

»Was ist denn, lieber Vetter?«, erkundigte sich Onni besorgt.

»Ich kann überhaupt nicht nähen, und von Holzarbeiten verstehe ich auch nichts. Beim Spielzeugbasteln bin ich nicht zu gebrauchen.«

»Wir werden schon eine andere Beschäftigung für dich finden. Komm ruhig mit«, sagte der Weihnachtsmann lächelnd.

Die Vettern fielen sich jubelnd in die Arme, und die Tiere freuten sich mit ihnen. Nur der Bär beteiligte sich nicht an dem Jubel – er lag schnarchend in der Schmiede.

Der Weihnachtsmann nahm den Proviant aus seinem Rucksack und verteilte ihn. Dann küsste Oiva die Tiere zum Abschied. Auch dem schlafenden Bären drückte er einen Kuss auf die feuchte Schnauze. Der Weihnachtsmann setzte beide Wichtel auf seinen Rucksack, gab Oiva den Reserveschal, und dann begann der lange Rückweg. Diesmal war die Fahrt besonders vergnüglich, denn der Weihnachtsmann konnte dem Geplauder der Wichtel auf seinem Rucksack lauschen.

»Und dann hat der Fuchs noch erzählt, dass sich hinter dem See Pitkäjärvi neue Siedler niedergelassen und gleich als Erstes dem Saunawichtel einen Teller Brei hingestellt haben.«

»Was für eine gute Nachricht! Wie schön, dass der Saunawichtel von Pitkäjärvi wieder Arbeit hat. War die Sauna denn noch in Ordnung?«

»Du weißt doch, wie fleißig dieser Zweig unserer Familie ist. Als die neuen Bewohner die Sauna zum ersten Mal geheizt haben, war sie blitzblank.«

»Und hast du etwas von der Speicherwichtelin in Mäntylä gehört?«

»Ein Schneehuhn wusste zu berichten, dass es ihr gut geht. Aber ihre Kusine weiter oben am Bach musste mit ihren Menschen wegziehen. Und wie ist es mit dir, weißt du etwas von den anderen Wichteln?«

»Ich habe seit einiger Zeit nichts von ihnen gehört, aber die Krähe des Weihnachtsmannes fliegt gerade herum und bringt den vergessenen Wichteln eine Einladung. Alle sind am Korvatunturi willkommen.«

»Das ist ja wunderbar. Wie ist denn diese Krähe? Du weißt doch, dass ich immer schon eine Schwäche für Krähen hatte. Ob ich sie wohl kraulen darf, wenn ich sie ganz lieb bitte?«

Onni prustete los und steckte auch den Weihnachtsmann an. Die beiden lachten Tränen. Oiva war völlig perplex.

»Was habe ich denn gesagt? Worüber lacht ihr denn so?«

Es war schon dunkel, als der Weihnachtsmann vor seinem Haus die Skier abschnallte und sie an die Hauswand stellte. Kyksi flatterte herbei und setzte sich auf seinen Arm.

»Da seid ihr ja endlich. Mein großer Krähenbruder ist schon längst zurückgekommen, ich habe mir Sorgen um euch gemacht. Ich hatte mir beinahe schon überlegt, loszufliegen und euch zu retten. Wen habt ihr bei euch?«

»Darf ich vorstellen: Diese tapfere Sumpfmeise, die sich fast überlegt hätte, uns zu retten, heißt Kyksi. Und das hier ist Onnis Vetter, der Schmiedewichtel Oiva.«

»Herzlich willkommen. Solltest du einmal jemanden für eine Heldentat brauchen, wende dich nur ruhig an mich. Ich bin immer bereit, ich muss nur noch ein wenig Kraft und Mut sammeln.«

Sie traten ein. Oiva bewunderte die Stube des Weihnachtsmannes.

»Schön gemütlich hast du es hier. Kamin, Tisch, Wandbänke – alles, was man braucht.«

Die Krähe hielt sich hinter dem Weihnachtsmann versteckt und spähte vorsichtig zu dem neuen Wichtel hin, dessen schwarzer Bart ihr nicht ganz geheuer war.

»Komm und sag guten Tag«, ermunterte sie der Weihnachtsmann.

»Tag«, wisperte die Krähe.

»Guten Tag, Krähenjunge. Wie schön, dass hier auch Waldtiere leben. Wenn du mir eine Bemerkung gestattest: Deine Nackenfedern sind ein wenig durcheinander. Dürfte ich sie glatt streichen?«

In Windeseile hüpfte die Krähe zu Oiva und lehnte sich wohlig seufzend an ihn.

»Du, Weihnachtsmann, ich verspreche dir, den neuen Wichtel zu mögen.«

So wurden der Krähenjunge und Oiva unzertrennliche Freunde. Die Krähe schlief am Fußende von Oivas Bett, und am nächsten Tag zogen sie gemeinsam los, um den frierenden Dompfaffen neue Decken aus Bartflechte zu bringen. Onni blieb in der Stube und nähte, während der Weihnachtsmann in seinem großen Buch blätterte und überlegte, was Oiva tun könnte.

Jeder hat seine eigenen Fähigkeiten und Begabungen. Zwar konnte Oiva weder nähen noch schnitzen, doch dem Weihnachtsmann fiel natürlich eine andere Aufgabe für ihn ein. Er freute sich über seine gute Idee und nahm sich vor, die Sache am Abend zur Sprache zu bringen.

Als es dunkel wurde, kamen der Krähenjunge und sein neuer Freund zurück.

»Kraak, wie hübsch du die Körner zerdrückt hast, gerade so, wie meine kleine Schwester Kyksi sie mag.

Und wie geschickt du das vom Schneesturm zerzauste Gefieder des Raben geordnet hast! Aber am meisten wundert mich, dass du die Fährte der verirrten Maus im Schnee entdeckt hast.«

»Na, ich habe ja Erfahrung darin, Tieren zu helfen. Zum Glück konnten wir die Maus zu ihrem Bau bringen, bevor es dunkel wurde. Dabei warst du mir eine große Hilfe. Du bist der beste Gefährte, den man sich wünschen kann.«

»Ich mag dich auch, Oiva.«

Am Tisch setzte sich die Krähe neben ihren neuen Freund und gab sich alle Mühe, gesittet zu fressen. Oiva seinerseits half dem Vogel, wo er nur konnte. Es war eine Freude, ihnen zuzuschauen!

Nach dem Abendessen holte Onni das geheimnisvolle Bündel, mit dem er sich den ganzen Tag beschäftigt hatte, von der Eckbank und reichte es Oiva. Der schnürte es vorsichtig auf.

»Ein neuer Anzug! Und was für eine schöne Quaste, genau wie an deiner Zipfelmütze. Du kannst wirklich gut nähen, Vetter.«

Sie umarmten sich, und dann probierte Oiva den neuen Anzug an; er passte ihm wie angegossen. Freudestrahlend standen die beiden Wichtel vor dem Weihnachtsmann.

»Nun bist auch du ein echter Weihnachtswichtel, Oiva. Ich bin wirklich glücklich, dass ihr mir helft«, sagte der Weihnachtsmann gerührt. »Und heute habe ich mir auch überlegt, was du als Weihnachtswichtel tun sollst. Deine Aufgabe wird es sein, mit der Krähe für alle hilfsbedürftigen Tiere des Waldes zu sorgen.«

»Juchhu! Genau das, was ich am besten kann und am liebsten tue!«, jubelte Oiva und schlug gleich drei Purzelbäume.

»Ein für alle Mal fantastisch!«, krächzte die Krähe.

9

Eine junge Kleinriesin hockte vor dem Eingang ihrer Höhle. Sie war auf der Hut, denn aus dem Zauberberg des Staalo strömte schon seit einiger Zeit ein gefährlich süßer Rauch. Es war ein einladender, überwältigender Duft, der Herrliches versprach – und gerade deshalb wusste die Kleinriesin, dass sie vorsichtig sein musste. Ein solcher Geruch gehörte nicht zum Wald. Seine Versprechungen waren Lügen.

Dennoch zog der Duft sie unwiderstehlich an. Sie schob ihre Hakennase ein kleines Stückchen aus der Höhle, atmete gierig den süßen Rauch ein und gab sich ihren Träumen hin.

Ach, dieser Duft! So würde ihr Traumriese riechen. Irgendwo gab es sicher einen stattlichen Kleinriesen mit einem mächtigen behaarten Nacken und einer rauen Rückenmähne. Und wie süß er riechen würde! Ganz genau so wie der Rauch aus dem Berg des Staalo, aber ohne Gefahr und Lüge. Diesen herrlich männlichen Geruch würde die Kleinriesin irgendwann wahrnehmen und dann ihr ganzes Leben lang einatmen, und auch der Riese würde an ihr schnuppern und, entzückt von ihrer Witterung, zufrieden brummen. Sie würden sich an einem fernen Berg niederlassen und die schönste und prächtigste Höhle bauen, die je ein Kleinriese in den Fels gehauen hatte. Und dann würden sie sich eine ganze Schar von Kleinriesenkindern zulegen.

Doch eigentlich war alles Hoffen vergeblich. Nur noch hier und da im weiten Lappland gab es einzelne Kleinriesen, und männliche hatten sich seit mindestens einem Jahrhundert nicht mehr blicken lassen. Die Zeit war mit der Sippe der Kleinriesen ungnädig umgegangen. Viel zu viele hatten aufgegeben und waren weit hinauf in den Norden gezogen, in der Hoffnung auf ein freieres Leben. Bisher war keiner von ihnen zurückgekehrt. Die Kleinriesin wusste nicht, ob das ein gutes oder ein schlechtes Zeichen war. Sie war schon so lange allein, dass sie eigentlich nichts mehr mit Sicherheit wusste.

Im Nachhinein hatte sie sich überlegt, dass es klüger gewesen wäre, sich den letzten Kleinriesen anzuschließen, die sie gesehen hatte, und mit ihnen nach Norden zu wandern. Aber sie war damals noch ganz jung gewesen und hatte die Elternhöhle gerade erst verlassen. Der lange Weg in den unbekannten Norden hatte sie nicht gelockt, denn sie hatte gerade ihre erste eigene Höhle gefunden. Von dort aus hatte sie den Aufbruch der anderen Kleinriesen beobachtet, ohne sich Sorgen zu machen. Sie hatte sich damit beschäftigt, ihre Höhle mit Felsbrocken wohnlich einzurichten und immer neue Gänge und Kammern in den Berg zu hauen. Erst nach Jahrzehnten hatte sie zum ersten Mal leicht besorgt über ihr Alleinsein nachgedacht, denn auch die genaueste Steinmetzarbeit wird irgendwann einmal fertig, und alle Wände ihrer Höhle waren inzwischen mit Gewölben und Mauerwerk kunstvoll geschmückt. Nach jahrzehntelanger Arbeit war alles fertig, und doch war die Kleinriesin immer noch jung. Was sollte sie nur mit dem Rest ihres Lebens anfangen?

Eine Weile hatte sie sich die Zeit damit vertrieben, den

Staalo, der auf den Zauberberg gezogen war, zu beobachten. Durch ihre von außen nicht sichtbaren Höhlenfenster hatte sie den wilden Lauf eines Rentiers mit goldenem Geweih verfolgt und laut gelacht, als der Schlitten, den das Tier zog, umkippte und der Staalo kopfüber im Schnee landete. Aber dann hatte sich irgendein Mann auf das Ren gesetzt und war mit ihm verschwunden, und nun kam dieser gefährlich lockende, süßliche Geruch aus dem Berg des Staalo.

Der Duft war verführerisch, bezaubernd und berauschend. Unwillkürlich streckte die Kleinriesin den ganzen Kopf zur Höhle hinaus. Eine Wolke schob sich vor den vollen Mond. Der süße Geruch zog sie immer noch an. Vielleicht sollte sie sich doch ein wenig die Beine vertreten und sich ein bisschen mehr von dem Duft in die Nüstern saugen.

Die Kleinriesin kroch langsam zwischen den Felsen hindurch, reckte ihre langen Glieder und drehte ihre Hakennase nach dem Wind. Warum sollte sie nicht bis an den Waldrand gehen, wo der herrliche Duft sicher noch intensiver war? Es würde ja niemand merken, denn der Mond war immer noch hinter der Wolke verborgen, und im Wald war es ganz still.

Zu still, wie die Kleinriesin im Nachhinein begriff. Aber in diesem Augenblick nahm sie nur den einladenden Geruch wahr. Komm hervor, komm näher, sagte der Geruch, zögere nicht.

Erst als sich kalte Eisenfesseln um ihre Knöchel und Armgelenke schlossen, schrak die Kleinriesin auf. Sie warf den Kopf in den Nacken, erblickte den Mond, der wieder zum Vorschein gekommen war, und schrie ihre

Enttäuschung heraus, doch es war zu spät. Verängstigt schaute sie zu Boden, aber der furchtbare Staalo kam immer näher, packte sie an den Schultern und fesselte ihre dunklen Riesenaugen mit seinem Blick.

Die Kleinriesin wehrte sich lange, versuchte, den Blick auf die Erde zu heften, doch der Staalo verströmte denselben süßlichen Geruch, der sie aus ihrer Höhle gelockt hatte, und nach einer Weile musste sie nachgeben. Tief seufzend fügte sie sich in ihr Schicksal. Sie ließ sich vom Zauberspruch des Staalo durchdringen und wurde allein durch seinen Blick und seine Magie zu seiner demütigen Dienerin.

Der Staalo lachte dröhnend und befahl seinen Trollen, der Kleinriesin die Fesseln abzunehmen. Sie würde ihm auf den Zauberberg folgen, widerstandslos, in den Augen die unnütze Sehnsucht nach etwas anderem. Dem Staalo war es gleichgültig, wonach die Kleinriesin sich sehnte. Er freute sich über die Verstärkung seiner Truppen.

10

Während Onni und Oiva sorglos ihre Arbeiten verrichteten, machte die Botschaft der Krähe unter den Wichteln die Runde. Die vergessenen und alleingelassenen Wichtel freuten sich über die Aussicht, richtige Weihnachtswichtel zu werden. Viele von ihnen beschlossen, sich sofort auf den Weg zu machen, wenn der Frost nachließ.

Der strenge Frost bedeutete viel Arbeit für Oiva und die Krähe, die unermüdlich durch die Wälder streiften und den Tieren halfen. Oiva machte sich Sorgen, denn es gab mehr und mehr verletzte und frierende Tiere.

»Hör mal, Weihnachtsmann, ich habe das Gefühl, dass manche Tiere im Wald nicht mehr durchhalten.«

»Oje, das ist schlimm. Bringt sie doch her.«

Der Wichtel sah sich nachdenklich in der Stube um. Schön war sie ja, sie glänzte und roch noch ganz neu, aber als Tierpflegeheim war sie nicht recht geeignet. Wie sollte er das dem Weihnachtsmann beibringen? Da kam ihm Kyksi zu Hilfe.

»Pju! Wir Waldtiere fühlen uns in einer so warmen Stube nicht wohl«, erklärte sie. »Wenn es zu heiß ist, wird das Fell oder das Gefieder so dünn, dass man es draußen nicht mehr aushält. Guck dir doch meinen großen Bruder an: Er hat sich so an die Stubenwärme gewöhnt, dass er draußen entsetzlich friert, sobald er anhält. Deshalb muss er die ganze Zeit in Bewegung bleiben. Ich dagegen bin zur Heldin geboren, ich wohne draußen unter der Traufe und halte dem schlimmsten Frost stand.«

Kyksi hatte natürlich recht – zumindest, was die Wärme betraf. Der Weihnachtsmann überlegte.

»Windschutz und ein Dach über dem Kopf sind wichtig. Die Stube ist zu warm, und in der Sauna ist es auch zu heiß, weil ich sie zweimal in der Woche heize. Aber wie wäre es denn mit dem alten Speicher?«

»Der wäre eine prima Krankenstube«, freute sich Oiva.

»Im neuen Speicher lagern die Getreidevorräte und die Säcke mit den fertigen Geschenken, aber im alten Speicher liegt nur Werkzeug. Machen wir uns also an die Arbeit.«

Noch am selben Tag räumten sie den alten Speicher. Dann putzte Oiva ihn gründlich, schrubbte auch die Wände und sah nach, ob der alte Dachbelag aus Baumrinde noch wasserfest war. Alle verfügbaren Spanschachteln, Körbe und Tröge wurden herbeigetragen und in bequeme Betten für die Tierpatienten umgewandelt. Eine Handvoll Wollgras in einer kleinen Tasse ergab genau das richtige Lager für kleine Mäuse, und in der alten Sommermütze des Weihnachtsmannes würde ein krankes Eichhörnchen Platz finden. Für den Fuchskorb brauchte man eine ganze Menge Bartflechte, und gleich neben der Tür stand ein mit duftendem trockenen Moos gepolsterter Spankorb für noch größere Tiere bereit.

In den nächsten Tagen füllten sich Schachteln, Körbe und Tröge. Oiva und der Krähe machte es Freude, pflegebedürftige Tiere einzuladen. Alle kamen gern, denn es gab nur eine einzige Regel.

»Herzlich willkommen«, begrüßte Oiva seine Gäste. »Ihr dürft euch hier ausruhen, solange ihr wollt, allerdings unter einer Bedingung: Keiner darf die anderen stören. Hier müsst ihr euch vertragen.«

Und so vereinbarten die Tiere, Frieden zu halten. Selbst die Füchse ließen die Hasen in Ruhe und die Eulen die Mäuse.

»Keiner darf den anderen auch nur berühren, ohne um Erlaubnis zu bitten«, erklärte Oiva, und alle Gäste nickten zustimmend.

Ganz ohne Probleme ging es allerdings nicht ab. Oiva selbst hatte die Angewohnheit, seine Pfleglinge zu streicheln, und glaubte, das gefiele allen. So kam es, dass er selbst diese Regel vergaß.

Die Tür zur Pflegestube war immer offen, und die Tiere konnten kommen und gehen, wie sie wollten. Wenn Oiva morgens zu ihnen ging, entdeckte er oft frische Spuren im Schnee. Die große Schachtel neben der Tür war leer, aber noch warm. Irgendwer hatte dort geschlafen. Jemand, der nicht gesehen werden wollte.

Eines Morgens, als das blaue Zwielicht, das erste Zeichen für den Tagesanbruch, gerade erst dämmerte, sah Oiva ein flauschiges weißes Tier aus der Pflegestube huschen. Es hatte ein wenig Ähnlichkeit mit einem Fuchs, war jedoch runder und hatte ein schneeweißes Fell. Ein Polarfuchs! Oivas Herz schlug Purzelbäume. Er hatte sich immer gewünscht, einmal einen Polarfuchs pflegen zu dürfen, dieses herrliche Tier. Ach, wenn er es doch streicheln könnte! Wie weich sich das Fell anfühlen würde, wie flauschig und seidig!

Doch dieser Polarfuchs schien so wild zu sein wie alle seine Verwandten. Allem Anschein nach ließen Polarfüchse sich einfach nicht zähmen. Oiva hatte es schon oft versucht, aber Polarfüchse ließen sich immer nur von Weitem blicken, wenn sie flink über ein Fjell oder an einer Heide entlangliefen, und sie kamen nie, ganz egal, wie liebevoll man sie rief.

»Kiti-kiti, süßes weißes Moppelchen. Komm zum Wichtel, kiti-kiti-kiti!«

So hatte Oiva nach ihnen gerufen, aber sie sahen ihn mit ihren pechschwarzen Augen nur kurz an, drehten ihm verächtlich den Rücken zu und sprangen geschmeidig davon.

Oiva hatte Hasen und Uhus pflegen dürfen, Mäuse und Maulwürfe, Bären, Wölfe und auch Füchse, aber noch keinen einzigen Polarfuchs. Vielleicht ist es jetzt endlich so weit, dachte er und nahm sich vor, am nächsten Morgen so früh aufzustehen, dass er den geheimnisvollen Gast zu Gesicht bekam, bevor er wieder verschwand.

Am nächsten Morgen war es noch ganz dunkel, als Oiva zur Pflegestube schlich und vorsichtig die Tür aufzog. Sie knarrte, und durch den Spalt drang kalte Luft herein. Oiva hörte ein leises Winseln und schlüpfte rasch hinein. Dann hielt er vor Freude die Luft an. Tatsächlich, in der großen Spanschachtel neben der Tür schlief der herrlichste, weißeste und schönste Polarfuchs, den man sich nur vorstellen konnte. Er war rund und flauschig und sah zahm und anschmiegsam aus. Das Tier schlief fest, und sein Fell strahlte im Halbdunkel ein ganz eigenartiges Licht aus. Oiva juckte es in den Fingern; das buschige, leuchtend weiße Fell zog ihn magisch an. Die schwarze Schnauze des Polarfuchses war fast ganz unter seinem Schwanz verborgen, und seine Atemzüge ließen die längsten Fellhaare hin und her wehen. Oiva streckte die Finger aus und berührte vorsichtig den Rücken des Polarfuchses. Die längsten Fellhaare waren leicht wie Luft. Der Wichtel sah zwar, dass sie von seinen Fingern nach unten gebogen wurden, doch die Berührung selbst war kaum zu spüren. Es war beinahe so, als ob er eine Wolke streichelte. Atemlos schob er die Finger tiefer in das wunderbar weiche Fell. Nun spürte er das Fell an den Fingerspitzen und traf auch schon auf das dichte Unterfell, das die Körperwärme des Tieres speicherte. Was für ein fantastisches Fell! Vorsichtig vergrub Oiva seine Finger noch tiefer darin. Da spürte er plötzlich einen scharfen Biss, nahm einen weißen Blitz wahr und sah direkt vor seiner Nase eine schwarze Schnauze und zwei wütend funkelnde Knopfaugen. Der Polarfuchs war blitzartig aufgesprungen.

»Mit welchem Recht steckst du deine dicken Finger in mein Fell?«

Oiva schämte sich. Er hatte sich wirklich schlecht benommen. Verlegen pustete er auf seinen schmerzenden Finger, verbeugte sich demütig und sagte: »Entschuldigen Sie, lieber Polarfuchs. Ihr Fell ist so bezaubernd weiß und flauschig, dass ich nicht anders konnte, als es zu streicheln.«

»Das ist mein Fell, und ohne meine Erlaubnis darf es niemand berühren. Wenn du das noch einmal tust, beiße ich dir den Finger ab! Und du wirst auch den Weihnachtsmann um Entschuldigung bitten, denn meines Wissens ist diese Pflegestube eine von ihm geschützte Einrichtung, in der sich alle anständig benehmen müssen. Ganz besonders die Wichtel.«

Oiva erschrak. Was würde der Weihnachtsmann wohl sagen, wenn er von dem Zwischenfall erfuhr? Mit zittern-

der Unterlippe hörte er sich das wütende Geschimpfe des Polarfuchses an.

»Ich ertrage es nicht, dass jemand mein elegantes Fell berührt. Aber in einem Punkt hast du recht: Mein Fell ist tatsächlich außergewöhnlich schön. Einen so bauschigen Schwanz sieht man nicht oft.«

Der Polarfuchs drehte sich selbstgefällig im Kreis und wedelte hochmütig mit seinem prächtigen Schwanz. Oiva, der den schmerzenden Finger in den Mund gesteckt hatte, seufzte entzückt. Wie schön dieses Tier doch war, und wie herrlich es wäre, wenn es sich doch zähmen ließe und sein Schoßtier würde. Dann könnte er den ganzen Tag lang das flauschige weiße Fell streicheln und sich die klammen Finger wärmen.

Als hätte der Polarfuchs Oivas Gedanken erraten, sprang er auf, sah den Wichtel misstrauisch an, nieste und lief wie der Blitz hinaus.

Oiva folgte ihm mit klopfendem Herzen, sah aber nur noch die schnurgerade Fährte des Tiers im Neuschnee.

Sehnsüchtig pustete er über seinen Finger und wandte sich dann den anderen Tieren in der Pflegestube zu.

In der alten Mütze des Weihnachtsmannes lag ein mageres, struppiges Eichhörnchen. Es hob müde den Kopf und gab Oiva die Erlaubnis, seinen Bauch abzutasten.

»Es sieht schon recht gut aus, kleines Eichhörnchen. Dein Bauch ist nicht mehr so geschwollen wie gestern, als wir dich hergebracht haben. Kein Wunder, nach deinem Sturz vom Baum. Nimm deine Medizin, dann bist du bald wieder gesund und kannst zurück in dein Nest in der Fichte.«

Vorsichtig goss Oiva ein wenig Medizin aus einer kleinen bläulichen Flasche auf einen Löffel. Das Eichhörnchen schluckte sie widerspruchslos, seufzte, kuschelte sich tiefer in die Mütze und schlief wieder ein. Auch ein Biber, der versehentlich giftige Wurzeln gefressen hatte, bekam eine Dosis aus der Arzneiflasche. Er setzte sich wimmernd auf, schluckte die Tropfen und ließ sich dann wieder auf sein weiches Lager sinken. Der Wichtel sah sich um und war nun doch zufrieden, dass er es mit freundlichen Tieren zu tun hatte statt mit jähzornigen Polarfüchsen. Der unter Ohrenschmerzen leidende Hase und der Rabe, dem eine Gräte im Hals stecken geblieben war, fühlten sich bereits besser, und das zu stark abgemagerte Bärenjunge schlief tief und fest in der kühlsten Ecke des Raums.

Oiva war pausenlos beschäftigt. Bei Tagesanbruch brachte die Krähe ihm die Nachricht, eine schwer erkältete Schnee-Eule werde bald eintreffen. Gemeinsam befestigten sie einen dicken Ast unter der Decke, auf dem sich die neue Patientin dankbar niederließ. Der Krähenjunge ist ein guter Helfer, dachte Oiva. Die Arbeit ging ihm gut von der Hand, doch als er zum Mittagessen ins Haus ging, war ihm bange. Er hatte Angst vor der Begegnung mit dem Weihnachtsmann, bei dem er sich entschuldigen musste, wie es ihm der Polarfuchs aufgetragen hatte.

Als nun alle am Tisch saßen, bekam Oiva kaum einen Bissen hinunter. Er rührte in seinem Brei und spürte, dass sich seine Wangen schon im Voraus vor Scham und Furcht röteten.

»Was ist denn, Oiva? Schmeckt dir der Brei nicht?«

Die Stimme des Weihnachtsmannes klang so freundlich und wohlwollend, dass Oiva in Tränen ausbrach und anschließend vor aller Ohren beichtete, was er getan hatte.

»Ich habe den Polarfuchs gestreichelt, ohne ihn vorher zu fragen, und da hat er mich in den Finger gebissen. Es tut immer noch weh. Und vielleicht schickst du mich jetzt in Schimpf und Schande weg.«

»Ach, lieber Wichtel«, sagte der Weihnachtsmann freundlich und strich Oiva über den Kopf.

Oiva weinte sich an seiner Schulter aus, putzte sich dann die Nase und ließ sich vom Weihnachtsmann einen Umschlag aus getrockneten Wegerichblättern um den Finger wickeln. Zum Glück war der Weihnachtsmann nicht wütend, sondern verzieh dem Wichtel.

»Schlag dir die Polarfüchse aus dem Kopf, Oiva. Die sind nun einmal aufbrausend. Geschmeidig und schön sind sie ja, aber bescheidener aussehende Wesen sind manchmal doch die bessere Gesellschaft.«

Der Wichtel schniefte, bat noch einmal um Entschuldigung und lief dann zurück in die Krankenstube, um die Betten aufzuschütteln und den Fußboden zu fegen.

Der Weihnachtsmann schmunzelte zufrieden. Oiva hatte sich gut eingelebt; bald würden sie am Korvatunturi noch viele andere wichtige Arbeiten erledigen können.

Die Botschaft, die die Krähe überbracht hatte, drang in alle Winkel Finnisch-Lapplands, und als der Frost nachließ, machten sich viele allein gelassene Wichtel auf den Weg. Voller Tatendrang klopften sie beim Weihnachtsmann an. Alle wurden mit offenen Armen aufgenommen, und unter zahllosen Jauchzern füllte sich das Haus allmählich mit fleißigen Wichteln. Es kamen Schmiedewichtel, Stallwichtel, Saunawichtel und Hauswichtel. Nur die grün gekleideten Waldwichtelinnen lehnten die Einladung höflich dankend ab.

»Richtet dem Weihnachtsmann bitte aus, dass wir lieber für uns im Wald leben. Aber wenn er einmal Hilfe braucht, kann er auf uns zählen. Wir haben gehört, dass der Staalo irgendetwas Böses plant, und werden Augen und Ohren offenhalten.«

»Das ist ja ein wunderbares Versprechen«, sagte der

Weihnachtsmann, als er das hörte. »Wenn wir in Not geraten, ist uns die Hilfe der Waldwichtelinnen sehr willkommen.«

Bald waren schon an die zwanzig Weihnachtswichtel am Korvatunturi, und fast täglich kam ein weiterer dazu. Der Weihnachtsmann stellte zufrieden fest, wie schnell die Arbeit nun voranging.

»Schau mal, Weihnachtsmann! Wir haben einen ganzen Sack voll Spanvögel geschnitzt.«

»Die sind aber hübsch geworden. Ihr könnt das viel besser als ich. Und was macht ihr anderen gerade?«

»Sterne aus Birkenrinde, und unsere Vettern haben schon einen ganzen Sack Holzpferdchen geschnitzt.«

»Und ich habe Späne und Zapfenschuppen aufgefegt. Davon lagen eine ganze Menge auf dem Boden, denn vorhin ist schon der dritte Sack mit Kühen aus Tannenzapfen voll geworden.«

Im Speicher standen tatsächlich bereits reihenweise Säcke voller Spielzeug für das nächste Weihnachtsfest. Darin lagen so viele Spanvögel, Rindensterne, Holzpferdchen und Tannenzapfenkühe, dass der Weihnachtsmann sie kaum noch zählen konnte. Diesmal würde er unzähligen Kindern eine Freude machen können.

Während die Wichtel eifrig werkelten, fiel der Frühling in Lappland ein, wie er es immer tut: überraschend. Gerade hatte noch grimmiger Winter geherrscht, mit blauem Halbdunkel und funkelnden Sternen am Frosthimmel, und nun holte der Frühling bereits die Sonne hoch an den Himmel. Der Schnee strahlte noch Kälte aus, während die Frühlingssonne bereits heiß brannte. Nun war die Zeit gekommen, in der die Rentiere kalbten.

Eines Abends kam die Krähe ganz aufgeregt nach Hause.

»Jetzt sind sie geboren, Weihnachtsmann! Ein für alle Mal prächtige Kälbchen.«

Der Weihnachtsmann freute sich.

»Wie viele sind es?«

»Drei, wie erwartet. Sampo lädt dich ein, sie dir morgen anzusehen.«

Der Weihnachtsmann beschloss, am nächsten Morgen schon früh aufzubrechen. Im Laufe des Winters hatten sich hohe Schneewehen gebildet, die tagsüber von der Sonne körnig und weich gebrannt wurden. Aber nach Sonnenuntergang machte der Nachtfrost die wässrige Schneefläche wieder steinhart. Wenn man früh genug aufbrach, trugen einen die Skier wie im Flug.

Im Nu hatte der Weihnachtsmann den Gipfel des Korvatunturi erreicht und hielt kurz an, um die Aussicht zu genießen. So weit das Auge reichte, wuchs Niederwald, aus dem hier und da ein heller, baumloser Fjellgipfel hervorlugte. Es war eine ruhige, friedliche Landschaft, die den Weihnachtsmann in eine gelassene, entspannte Stimmung versetzte. Lange blieb er jedoch nicht stehen. Bald glitt er wieder durch den Schnee, denn er wollte unbedingt die Kälber sehen.

»Herzlich willkommen, Weihnachtsmann. Du kommst gerade recht zum Birkenblatt-Tee.«

»Danke, Sampo. Heißer Tee tut gut nach dem Skilauf. Gehen wir anschließend gleich zu den Kälbern?«

Der Tee war schnell getrunken, und sie eilten an den Waldrand, wo die Rentierkühe zufrieden Flechten fraßen. Der glückliche Rentiervater stupste die Kälber auffordernd an.

»Geht ein bisschen näher heran, Kälbchen, damit der Weihnachtsmann euch richtig sieht.«

»Wie schön und kräftig sie sind! Herzlichen Glückwunsch!«

»Tja, alle drei sind wirklich groß und stark«, sagte das Zauber-Ren stolz.

»Sieht man ihnen schon an, ob sie Zauberkraft haben?«

Sampo neigte nachdenklich den Kopf.

»Ich bin mir nicht sicher. Das goldene Geweih ihres Vaters scheinen sie nicht geerbt zu haben, aber siehst du den Schimmer an ihren Flanken?«

Wenn die Kälber sich umdrehten, spiegelte sich das Licht des Wintertages strahlend hell in ihren Flanken.

»Was für ein schöner silberner Schimmer! Ganz bestimmt haben sie Zauberkraft.«

»Das glaube ich auch. Aber lassen wir sie erst einmal in Ruhe aufwachsen, mit der Zauberkraft ist es nicht so eilig.«

Die Sonne schien bereits heiß, und der Schnee drohte weich zu werden. Der Weihnachtsmann dankte für die Bewirtung und versprach, bald wieder vorbeizuschauen.

Ein Tag folgte dem anderen, und der Frühling eroberte die Fjells. Gerade noch hatte überall Schnee gelegen, doch nun kamen hier und da bereits Felsen, Baumstümpfe oder ein Stück Heideboden zum Vorschein. Bald würde der Weihnachtsmann die Skier an die Speicherwand hängen, wo sie durch die Traufe geschützt waren. Zu Fuß würde er auf den feuchten, matschigen Fjells, wo man immer wieder einzelne Schneeflecken umgehen musste, nur noch langsam vorwärts kommen. Er beschloss, noch eine letzte lange Skiwanderung ins große Moor zum Hausteich der Kraniche zu machen.

Die Schneefläche, über die er lief, war bestickt mit kleinen abgebrochenen Zweigen und Nadeln, die von den Bäumen gefallen und dank der Sonnenwärme in den Schnee eingesunken waren. Der Frühling war überall, und alle hatten es im Frühling eilig: Waldmäuse und Lemminge bauten ihre Nester, die Vögel balzten, und die Füchse bellten Grüße von einem Fjell zum anderen. Der Weihnachtsmann pflückte hier und da Frostpreiselbeeren und steckte sie sich in den Mund. Die einzelnen Beeren, die im letzten Sommer am Preiselbeerkraut hängen geblieben waren, hatten im Frost einen so pikanten Geschmack angenommen, dass einem schon beim bloßen Gedanken daran das Wasser im Mund zusammenlief. Langsam lief der Weihnachtsmann weiter, und als er den Sumpfteich erreichte, sah er, dass das Eis auf dem Teich wässrig und grau geworden und zu brüchigen Stangen geschmolzen war. Die Frühlingssonne hatte eine umgestürzte Birke am Ufer vom Schnee befreit. Der Weihnachtsmann setzte sich darauf, lehnte sich an den Baumstumpf und genoss die Wärme. Harzgeruch lag in der Luft, und auf den Wangen spürte er die Kraft der Sonne.

Es war ganz still, doch plötzlich war ein Rauschen zu hören. Ein Windstoß vom Fjell blies über den Teich, und da begann das Eis zu singen. Die vom Wind geschüttelte Eisdecke zerbrach in Eiszapfen, die klingelten, klirrten und läuteten, als schlügen Tausende und Abertausende Glöckchen. Der Weihnachtsmann schloss entzückt die Augen. Da hörte er das Geräusch, auf das er so lange gewartet hatte, das Geräusch, das seiner Meinung nach den wirklichen Frühling nach Lappland brachte.

Von weither hinter dem Fjell erschallte der mächtige

Ruf eines Kranichs, der seine Ankunft im Sommerrevier verkündete. Ein zweiter Kranich antwortete, und bald kreisten beide hoch oben über dem Sumpfteich. In den Sonnenstrahlen erschienen ihre schimmernden Leiber wie silberne Spiegel. Lautlos, mit gereckten Hälsen, durchstießen die Kraniche wie stählerne Keile die kalte Frühlingsluft. Als sie über den Weihnachtsmann hinwegflogen, hörte er das tiefe Rauschen der Flügel und sah die abstehenden Schwingfedern, die wie feinste Klöppelspitze die mächtigen Flügel schmückten. Der eine Kranich warf einen Blick nach unten, dann landeten beide mit lautem Rauschen am Ufer des Teichs.

»Wir wünschen dir ein schönes Frühjahr, Weihnachtsmann!«

»Herzlich willkommen, Kraniche! Wenn ihr eintrefft, ist es wirklich Frühling.«

»Hast du den Winter am Korvatunturi gut überstanden?«

»Sehr gut, danke der Nachfrage. Ich habe Wichtel als Helfer in mein neues Haus aufgenommen, die sich als sehr fleißig erwiesen haben. Die Waldtiere sind besser versorgt als je zuvor, der Speicher ist mit Weihnachtsgeschenken gefüllt, und auch alle anderen Arbeiten werden von flinken Händen erledigt.«

»Wir haben es jetzt auch eilig. Wir wollen in diesem Sommer mindestens zwei Junge großziehen, wenn alles so läuft, wie wir hoffen. Kommst du uns später besuchen?«

»Ganz sicher komme ich im Sommer vorbei. Viel Glück beim Eierlegen und Brüten. Im Sommer werdet ihr schwer beschäftigt sein, wenn ihr in einem Jahr gleich zwei Junge aufziehen wollt.«

»Unser Nistplatz ist so gut, dass wir es bestimmt schaffen. Aber wie willst du eigentlich alle deine Wichtel satt machen, wenn der Winter kommt?«

Diese Frage traf den Weihnachtsmann unvorbereitet. Tatsächlich, womit sollte er im nächsten Winter die vielen Wichtel ernähren? Er beschloss, am nächsten Tag Sampo Lappalainen zu besuchen und ihn um Rat zu fragen.

11

Gehen wir nun, oder gehen wir nicht? Du hast schon vor Tagen gesagt, dass wir Sampo Lappalainen besuchen wollen.«

Der Weihnachtsmann ächzte und hievte sich aus dem Bett. Als er vor drei Tagen vom Kranichteich zurückgekehrt war, hatte ein kalter Wind geweht, und seitdem hatte er Schnupfen. Er wäre gern liegen geblieben, denn trotz des Sonnenscheins zog es ihn nicht nach draußen. Doch die eifrige Krähe war nicht zu bremsen.

»Warum müssen wir ausgerechnet heute hingehen? Morgen ist es auch noch früh genug«, wandte der Weihnachtsmann ein. »Im Wald ist es feucht. Die Schuhe werden sofort nass, und die Feuchtigkeit steigt an den Hosenbeinen hoch bis zu den Knien.«

»Mach schnell! Es ist ein perfekter Frühlingstag, und das Jucken in meinen Nackenfedern sagt mir, dass heute etwas ein für alle Mal Besonderes passiert.«

»Ich spüre überhaupt nichts in den Nackenfedern«, gähnte Kyksi. »Ich bleibe lieber hier bei den Wichteln. Grüßt Sampo von mir.«

Die Schuhe des Weihnachtsmannes wurden schon bei den ersten Schritten im Wald nass, doch wider Erwarten störten ihn die nassen Füße nicht. Der Schnupfen schien im Sonnenschein zu vergehen, und es machte Spaß, von einem schneefreien Fleck zum nächsten zu springen. An diesen Stellen, wo der Schnee bereits geschmolzen war, richtete sich das in frischem Grün leuchtende Preiselbeer- und Blaubeerkraut auf. Es hatte den ganzen Winter darauf gewartet, unter der Schneedecke hervorzukommen, und reckte sich nun der Sonne entgegen.

Der Wald war erfüllt vom seltsamen Geräusch des Schmelzwassers. Die Bäche gluckten und plätscherten, von den Felsen tropfte das Wasser in langen Schnüren, und alles roch nach Frühling. Bald würde der Schnee nur noch eine blasse Erinnerung sein, und aus Trieben und Keimen würde in fiebriger Eile das satte Grün sprießen und bald jeden Flecken Erde unter der hellen Sonne Lapplands bedecken.

»Man spürt wirklich, dass der Frühling angebrochen ist«, sagte der Weihnachtsmann, als sie bei einer kleinen Kiefer rasteten.

»Kraak, und wie schön der Frühling klingt!«

»Ja, stimmt. Die Vögel singen aus voller Kehle. Hör mal, Krähe, ich habe viel über den silbernen Schimmer nachgedacht, den ich an den Kälbern des Zauber-Rens gesehen habe. Sampo meint, sie hätten sicher irgendwelche magischen Kräfte, denn gewöhnliche Rentiere schimmern nicht so. Glaubst du, sie können fliegen wie ihr Vater? Stell dir mal vor, wenn am nächsten Weihnachtsabend nicht nur das Zauber-Ren, sondern auch seine drei Söhne fliegen würden. Dann könnte ich mit vier Schlitten fahren. Was sagst du dazu, Krähe?«

Die Krähe antwortete nicht, und als der Weihnachtsmann aufstand und sich nach ihr umsah, merkte er, dass sie auf dem Kiefernast sitzen geblieben war.

»He, es geht weiter!«

Die Krähe reagierte nicht, sie hockte wie berauscht auf ihrem Ast, den Kopf schräg gelegt, und starrte in die Ferne.

»Krähenjunge? Was ist mit dir?«

Die Krähe hörte ihn gar nicht. Sie schloss verträumt die Augen, öffnete den Schnabel und gab ein leises, verzücktes Krächzen von sich.

»Oh, wie herrlich«, flüsterte sie.

»Krähe? Wach auf, Krähe! Was ist herrlich?«

Der Weihnachtsmann reckte sich und stupste die Krähe an, die wie ein Stein vom Ast fiel und in das weiche Moos kullerte.

»Oh, wie herrlich«, seufzte sie erneut.

Nun war der Weihnachtsmann ernsthaft besorgt. Was war denn bloß in die Krähe gefahren? Er hob sie vorsichtig auf, tastete der Reihe nach ihre Beine und Flügel ab und stellte fest, dass alles in Ordnung war. Und doch seufzte der Vogel in einem fort und hielt die Augen halb geschlossen. Hatte er sich den Kopf angeschlagen? Der Weihnachtsmann legte die Krähe zurück aufs Moos, nahm seine Wasserflasche aus dem Rucksack und goss eine ordentliche Portion über das Tier.

»Kraak!«, rief der Krähenjunge und flog auf den Ast. Sein Blick war endlich wieder klar. »Warum hast du mich nass gespritzt? Gerade jetzt, da ich unbedingt schick aussehen muss!«

»Schick? Wir sind auf dem Weg zu Sampo; dem ist es egal, ob du geschniegelt und gebügelt bist. Was ist denn los mit dir?«

»Hör doch mal genau hin, Weihnachtsmann!«

Und endlich hörte er es. Zwischen all dem Geplätscher,

dem Zwitschern, Gurren und Tschilpen war weit weg die Stimme einer Krähe zu hören.

»Kraak!«

Der Weihnachtsmann sah, dass sein lieber Krähenjunge schauderte. Seine Nackenfedern sträubten sich wie nie zuvor, und in seinen Augen entzündete sich ein ganz neuer Glanz. Er schüttelte die Wassertropfen ab, krächzte zur Antwort, breitete die Schwingen aus und flog auf.

»Wohin willst du denn?«, rief der Weihnachtsmann verdutzt.

»Wohin die fremde Krähe mich führt. Sie ist ein Weibchen, und sie sucht einen Partner. Jetzt muss ich mich sputen!«

»Na schön, viel Glück. Wann kommst du denn zurück? Wir haben doch noch allerhand vor!«

»Ich komme, wenn sie mich weglässt. Das ist ein für alle Mal ein aufregender Moment. Grüß Kyksi von mir. Ich komme zurück, wenn ich kann!«

Der Krähenjunge schwang sich mit kräftigen Flügelschlägen hoch über die Fichtenwipfel und flog laut krächzend zu seiner neuen Freundin.

Bald war er nur noch ein kleiner Punkt weit hinter dem Wald. Er schaute sich kein einziges Mal um, sondern flog direkter und schneller und freudiger als je zuvor. Der Weihnachtsmann setzte sich ins Moos und seufzte schwer, lachte dann aber auf und entschloss sich, seinem gefiederten Freund sein Glück zu gönnen. Der Krähenjunge erlebte wahrhaftig eine aufregende Zeit.

Sampo lachte vergnügt, als er hörte, dass die Krähe eine Gefährtin gefunden hatte.

»Es ist eben Frühling, Weihnachtsmann! Sei nicht

traurig, der Krähenjunge kommt sicher wieder zu dir zurück. Komm, schau dir an, was die Kälbchen inzwischen gelernt haben.«

Auf Sampos Pfiff trabten die jungen Rentiere sogleich heran.

»Futter, hast du uns Futter mitgebracht?«, riefen sie, tollten umher und stupsten Sampo mit ihren weichen Mäulern an.

»Siehst du, wie leichtfüßig sie springen, Weihnachtsmann? Als ob sie jetzt schon fliegen wollten. Als ich gestern Abend die Zaubertrommel geschlagen habe, gab sie mir zu verstehen, dass die drei vielleicht schon in der nächsten Weihnachtsnacht fliegen können.«

»Prächtige Tiere. Mit vier Schlitten könnte ich den Kindern alles Spielzeug, das die Wichtel gebastelt haben, auf einmal bringen. Aber etwas anderes, Sampo, ich mache mir Sorgen um meine Vorräte. Es sind so viele Wichtel zum Korvatunturi gekommen, dass mein Getreide wohl nicht ausreicht, um den ganzen Winter über Brei für sie zu kochen.«

»Ich kann dir einen Sack Getreide mitbringen, wenn ich im Sommer in den Süden fahre, um Handel zu treiben. Wie viele Wichtel hast du denn jetzt im Haus?«

Der Weihnachtsmann zählte leise. Da waren Onni aus der Darre und Oiva aus der Schmiede und deren acht nächste Vettern, dann fünf andere Darrenwichtel und deren Vettern sowie zehn Speicherwichtelinnen. Und fast jeden Tag kam irgendein neuer dazu. Gestern erst war der ehemalige Saunawichtel Otto eingetroffen, der Unmengen an Brei verdrückte.

»Mehrere Dutzend, und es kommen immer neue dazu.«

»Dann reicht ein Sack nicht einmal bis Weihnachten. Aber ihr könntet doch Beeren pflücken und fischen. Getrockneter Fisch ist eine gute Speise. Und im Herbst könnt ihr Pilze sammeln und sie ebenfalls für den Winter trocknen.«

Getrockneter Fisch war kein Wichtelessen, und Pilze würden ihnen auch nicht recht schmecken, vermutete der Weihnachtsmann. Am liebsten mochten sie Brei. Aber Sampos Rat war dennoch gut. Zumindest brauchten sie nicht zu hungern, sondern nur auf ihr Lieblingsgericht zu verzichten.

»Danke, Sampo, das ist ein guter Rat. So machen wir es. Der eine Speicher ist für die Geschenke da, aber den anderen füllen wir mit getrocknetem Fisch und Beeren, sobald es Sommer wird.«

»Passt nur auf, dass der Speicher immer fest verschlossen ist. Seippu hat erst gestern einen stämmigen Troll verjagt, der versucht hat, in unseren Speicher zu kriechen und dort sein Unwesen zu treiben. Vor einem Mondumlauf ist schon einmal ein Troll in den Speicher geschlüpft und hat an meinen Rentierpelzen die Nähte aufgetrennt. Ich hatte viele Abende lang zu tun, um sie wieder in Ordnung zu bringen!«

Bei Sampo gab es viel zu erledigen. Sie holten die Fischnetze ein, nahmen die Hechte aus, zerteilten sie und legten sie zum Trocknen ans Ufer, dann sammelten sie im Sumpf Moos und auf der Uferwiese Heu als Schuheinlage, und als es Abend wurde, zündeten sie ein Lagerfeuer an und brieten die Barsche, die sie ebenfalls mit dem Netz gefangen hatten. Es war bereits spät, als der Weihnachtsmann sich endlich auf den Heimweg machte. Dennoch war es nicht ganz dunkel, die Mondsichel am Himmel spendete Licht genug. Der Weihnachtsmann hörte um sich herum Rascheln und leises Kichern und merkte bald, dass eine Schar Trolle ihn aufs Korn genommen hatte. Zum Glück waren es nur Kleintrolle, die zu nichts Weiterem fähig waren, als ihm Zweige ins Gesicht zu klatschen und ihn mit Tannenzapfen zu bewerfen. Dann kam einer auf die Idee, dem Weihnachtsmann einen Ast vor die Füße zu halten, und brachte ihn tatsächlich ins Straucheln. Da hatte der Weihnachtsmann genug von dem Treiben.

»Trollt euch zurück zum Staalo, bevor ich wütend werde, ihr frechen kleinen Biester!«

Unter meckerndem Gelächter flitzten die Kleintrolle davon.

Ohne den Schabernack der Trolle war es angenehm, durch den Wald zu gehen, denn der nächtliche Wald war im Frühjahr voller Leben. Eine Fichte rauschte, als ein Schnee-Eulenpaar sich auf ihr niederließ, um zu turteln.

»U-hu! Fliegen wir zum Nest? Du könntest gleich Eier legen.«

»Ach, Schatz, du hast es immer so eilig. Die Zeit zum Eierlegen kommt später. Wir sind doch noch in den Flitterwochen. Du könntest mir jetzt erst einmal ein hübsches Geschenk suchen, während ich mich ein wenig ausruhe und mein Federkleid ordne. Aber nimm dich vor den Kleintrollen in Acht.«

»U-hu! Mach dir keine Sorgen, Liebling. Jetzt, wo ich die Erkältung überstanden habe, nehme ich es sogar mit einem Höhlentroll auf. Wenn irgendein Troll sich in deine

Nähe wagt, bekommt er meine Klauen und meinen harten Schnabel zu spüren!«

Der Weihnachtsmann lächelte über das Geprahle der Schnee-Eule und ging weiter. Hinter dem Wald flackerte ein Licht: Die Wichtel hatten vor dem Haus eine Laterne angezündet, deren warmer Schein ihm den Weg weisen sollte. In der Stube knisterte das Kaminfeuer. Als sich der Weihnachtsmann an den Esstisch setzte, tuschelten die Wichtel miteinander und schoben Oiva nach vorn. Der zischelte seinen schubsenden Vettern etwas zu, wurde bis über beide Ohren rot, zupfte nervös an seinem schwarzen Bart und gab sich einen Ruck.

»Weihnachtsmann, wir haben eine Bitte. Wir Wichtel haben den Brauch, uns einmal im Jahr, in der hellsten Zeit im Sommer, zu versammeln. Würdest du es uns übel nehmen, wenn wir gegen Mittsommer einen halben Mondumlauf lang weggehen?«

Der Weihnachtsmann betrachtete die hoffnungsvollen Gesichter der Wichtel, schluckte und gab sich Mühe, freundlich zu lächeln.

»Natürlich könnt ihr gehen. Ihr habt mir so viel geholfen und könnt selbstverständlich kommen und gehen, wie ihr wollt. Um die Mittsommerzeit komme ich bestimmt ein paar Wochen allein zurecht, glaube ich.«

»Juchhu! Ich habe euch ja gesagt, dass er es erlaubt. Der Weihnachtsmann ist echt in Ordnung!«

»Aber hört mal, ihr Wichtel, ich habe auch eine Bitte an euch. Ich fürchte, das Getreide für unseren Brei wird nicht über den nächsten Winter reichen. Sampo rät uns deshalb, für den Winter so viele Beeren und Pilze zu sammeln, wie wir nur können.«

Das Jauchzen der Wichtel erstarb, sie verzogen die Gesichter. Otto, der zuletzt ins Haus gekommene Saunawichtel, wollte protestieren, doch die anderen brachten ihn zum Schweigen. Sie begriffen durchaus, dass Sampos Vorschlag vernünftig war, auch wenn er ihnen nicht gefiel.

»Wir versprechen, Beeren zu pflücken und sie im Winter zu essen«, verkündeten die Wichtel.

»Und wenn es gar nicht anders geht, esse ich sogar einen Pilz«, erklärte Otto edelmütig.

»Pst! Fang nicht wieder an«, zischelten ihm die anderen zu. »Wenn es keinen Brei gibt, gibt es keinen, du Leckermaul. Dann essen wir eben Pilze.«

»Solange wir keine Fichtenspitzen mampfen müssen«, nölte Otto und stampfte mit dem Fuß auf.

»Danke, liebe Wichtel. Keine Fichtenspitzen, in dem Punkt bin ich eurer Meinung, aber wir pflücken viele Beeren und hoffen, dass wir durch irgendein Wunder doch noch genug Brei für den ganzen Winter haben.«

»Ja! Davon könnte ich jeden Tag essen«, sagte Otto glücklich lächelnd.

Und so begann man im Haus am Korvatunturi, Rindengefäße herzustellen. Von den Birkenstämmen wurden lange Streifen der duftenden Rinde abgerissen, aus denen Körbe geflochten wurden, die im Sommer die reifen Beeren aufnehmen sollten.

Eines Nachts erwachte der Weihnachtsmann von einem Poltern an der Tür. Die Wichtel schliefen fest. Der Weihnachtsmann stand auf, öffnete die Tür vorsichtig einen Spaltbreit und sah die Krähe benommen auf der Schwelle sitzen.

»Krähe! Bist du gegen die Tür geflogen? Herzlich

willkommen, es ist schön, dich zu sehen! Komm rein, ich sehe mal nach, ob ich etwas zu essen für dich habe. Komm du auch eine Weile mit ins Haus, Kyksi.«

Kyksi flatterte verschlafen unter der Traufe hervor, setzte sich auf den Tisch, schmiegte sich glücklich lächelnd an ihren großen Bruder und schlief gleich wieder ein.

»Seit wir uns das letzte Mal gesehen haben, habe ich nicht mehr ordentlich gegessen«, klagte die Krähe. »Jetzt bin ich ausgebüxt. Da werde ich was zu hören kriegen, wenn ich zurückkomme. Mein Leben ist ganz schön turbulent geworden!«

Gierig schlang die Krähe den kalten Brei in sich hinein. Der Weihnachtsmann verkniff sich eine Bemerkung über ihre Tischmanieren. Er musterte sie schweigend. Sie hatte tatsächlich abgenommen, aber nicht zu viel. Ihre Federn glänzten, und der Schnabel schimmerte wie frisch geölt.

»Du siehst gut aus«, stellte er fest.

»Tja, kann schon sein. Das sagt meine Frau auch immer«, erwiderte die Krähe scheinbar beiläufig.

»Deine Frau? Du hast die fremde Krähe also gefunden?«

»Ja!« Nun wurde die Krähe wieder so lebhaft wie früher. »Sie ist so wunderbar! Sie hat eine wunderschöne Stimme und herrlich stechende Augen, einen prächtigen Hakenschnabel und scharfe Klauen! Ich bin so gern mit ihr zusammen, auch wenn sie ein bisschen aufbrausend und herrisch ist. Vielleicht wird sie ja weicher, wenn die Eier ausgebrütet sind.«

»Ihr habt schon ein Gelege?«

»Drei Eier! Aus den ersten beiden hört man schon ein ziemliches Kratzen, also haben wir in ein paar Tagen wohl hungrige Mäuler zu stopfen. Dann geht der Trubel so richtig los, ui-jui.«

»Deine Frau ist also zum Brüten im Nest geblieben?«

»Ja. Bisher habe immer ich auf den Eiern gehockt, ich war schon ganz ausgehungert.«

Die Krähe verschlang den Rest der Mahlzeit und hüpfte rasch zum Weihnachtsmann, um sich den Nacken kraulen zu lassen. Der Weihnachtsmann amüsierte sich über ihre Eile.

»Ich kann nicht lange bleiben, sonst regt meine Frau sich auf. Ich wollte dir nur sagen, dass alles bestens läuft, und natürlich nachsehen, wie es meiner kleinen Schwester geht.«

»Hier ist alles in Ordnung, und Kyksi prahlt genau wie früher mit ihren künftigen Heldentaten. Fein, dass du gekommen bist. Ich hatte mich schon gefragt, wie es dir wohl ergangen ist. Komm einmal wieder, wenn du kannst.«

»Gern, aber es kann eine Weile dauern. Meine Frau ist ziemlich feurig, und sie sieht es nicht gern, dass ich sie allein lasse.«

Damit flog die Krähe davon und ließ den Weihnachtsmann so verblüfft zurück wie beim vorigen Mal. Sie hatte also die fremde Krähe gefunden, die hinter den Wäldern gekrächzt hatte. Und nun waren bereits drei Eier auszubrüten, und der Krähenjunge wurde von seiner herrischen Gefährtin herumkommandiert. Der Weihnachtsmann musste lachen. So gefügig hatte er seine Krähe noch nie erlebt!

Ein Monat verging, dann ein großer Teil des nächsten. An den Birken erschienen zarte hellgrüne Blätter, und die

Grasbüschel schossen in die Höhe. Der Frühsommer zauberte hübsche rosa Blüten ins Blaubeerkraut, unter denen grüne rohe Beeren hervordrängten, um in der Sonne zu reifen. Der Weihnachtsmann genoss den sommerlichen Geruch und das Licht der Sonne, die von frühmorgens bis spät in die Nacht schien. Nicht einmal die überall surrenden Mücken und Bremsen schmälerten seine Freude. Warum sollte er sich über die Mücken ärgern? Ohne sie hätten die zahllosen Vögel, die im Sommer aus dem Süden nach Lappland kamen, keine Nahrung gefunden. Sie jagten hektisch nach Insekten, um ihre Jungen zu füttern, die mit weit aufgerissenen Schnäbeln in ihren Nestern saßen und piepsend den Sommer priesen.

Mitunter hörte der Weihnachtsmann in der Ferne das fröhliche Krächzen von Krähen, konnte aber auf die Distanz nicht hören, was gesagt wurde. Kyksi flog eines Tages weit hinter den Wald und berichtete bei der Rückkehr, alle drei Jungen ihres großen Bruders seien tadellos geschlüpft, und auch das kleinste habe schon gelernt, sich zu behaupten, wenn das Futter verteilt wurde. Die Krähe und ihre Gefährtin haben es eilig, überlegte der Weihnachtsmann. Aber wenn die Beeren und Pilze reifen, beginnt auch für die Wichtel eine arbeitsreiche Zeit.

12

Die Kleinriesin humpelte beiseite, setzte sich auf den Höhlenboden und verzog das Gesicht. Ihr Fuß tat weh, doch zum Glück schien der Schmerz rasch abzuklingen.

»Hast du dir schlimm wehgetan?«

Der Kleinriesin lag eine wütende Antwort auf der Zunge, doch der massige Höhlentroll, der vor ihr stand, schien aufrichtig besorgt zu sein. Plötzlich wurde ihr ganz warm ums Herz. Es war eine Ewigkeit her, seit sich das letzte Mal jemand Sorgen um sie gemacht hatte. Vor langer Zeit hatte ihre Mutter liebevoll gefragt, ob sie sich schlimm wehgetan hatte, als sie sich in einer Felsspalte den Zeh gequetscht hatte. Dann hatte die Riesenmutter auf den Zeh gepustet, und der Schmerz war verschwunden. Lachend hatte die Mutter die Haare zwischen den Ohrbüscheln der kleinen Kleinriesin gezaust. Sie erinnerte sich immer noch daran, wie fröhlich damals alles gewesen war.

»Nun sag doch, ist es schlimm?«

Der große Höhlentroll wiederholte seine Frage, aber die Kleinriesin brachte keinen Ton heraus, so gut ihr das Mitleid des fremden Trolls auch tat. Ein langnasiger Dunkeltroll trat hinzu. Beide Trolle beugten sich zu der Kleinriesin hinunter.

»Kannst du den Fuß bewegen? Ich wollte dich nicht so fest schubsen. Entschuldige bitte. Diese Kampfübungen sind so unangenehm, und es kommt immer wieder zu Unfällen.«

»Ja, es wird von Tag zu Tag schlimmer, weil der Staalo uns befiehlt, immer mehr Kraft einzusetzen. Viele haben sich schon verletzt«, seufzte der Dunkeltroll.

»Soll ich dir aufhelfen?«

Die Kleinriesin stand rasch auf. Das Mitleid des Trolls tat ihr gut, aber seine Hilfe brauchte sie dann doch nicht.

»Nein danke, es geht schon wieder.«

»Du, sei mir nicht böse. Ich habe nichts gegen dich, der Staalo befiehlt mir immer, gegen dich zu kämpfen, weil ich für einen Höhlentroll so groß und massig bin. Die Dunkeltrolle kommen nicht gegen dich an, denn ihr Kleinriesen seid so stark. Und da es hier keine anderen Riesen gibt, musst du mit mir kämpfen.«

Die Kleinriesin schniefte. Es tat weh, dass so ein massiger Höhlentroll die größte Ähnlichkeit mit ihr hatte. In der großen Trollschar des Staalo war kein zweiter Riese. Sie war auch hier die einzige, einsam und ohne ihresgleichen. Hätte sie doch nie ihre Schnauze aus der Höhle gesteckt. Wäre sie doch so klug gewesen, dem süß lockenden Geruch zu widerstehen.

Die Trolle sahen sich an und nickten in wortlosem Einvernehmen. Sie verstanden die Traurigkeit der Kleinriesin, denn sie selbst waren ja auf die gleiche Weise in den Bann des Staalo geraten. Sie alle sehnten sich immer noch zurück in ihre eigenen Höhlen.

»Gräm dich nicht zu sehr, Kleinriesin. Dieser Kummer, das Heimweh nach der eigenen Höhle, lebt im Herzen jedes Trolls. Aber keiner von uns kann hier weg. Ich habe es Anfang des Sommers selbst versucht und bin trotz größter Anstrengung nur bis zum Fuß des Zauberbergs gekommen. Dann hat der Zauberspruch des Staalo meine Füße gezwungen, kehrtzumachen und zurück zu diesem widerlich süßen Geruch zu laufen, der aus der im Innern des Berges brodelnden Brühe aufsteigt. Ich kann nicht fliehen, sosehr ich es mir auch wünsche. Keiner von uns kann hier weg.«

»Und die Kleintrolle und Dunkeltrolle, die bis zum Berg Korvatunturi gehen? Warum laufen die nicht weg?«

»Dorthin schickt der Staalo nur diejenigen, die sich ihm damals aus freiem Willen angeschlossen haben. Viele Trolle glaubten, der Staalo würde ihnen das Leben erleichtern, und seine Kraft imponierte ihnen. Viele lassen sich gern Befehle erteilen, weil sie nicht wagen, selbst Entscheidungen zu treffen. Der Staalo hat ihre Bindung an ihn durch einen Zauberspruch verstärkt. Diese Trolle gehorchen ihm unter allen Umständen.«

»Und die Lage wird immer schlimmer«, fügte der Dunkeltroll traurig hinzu.

»Ja. Die Kräfte des Staalo sind gewachsen, und er ist wütender als je zuvor. Leider haben die Kleintrolle ihm erzählt, dass das Zauber-Ren jetzt stolzer Vater ist. Der Rentierbock mit dem goldenen Geweih, der mächtige Zauberkräfte besitzt und der dem Staalo weggenommen wurde, hat in diesem Frühjahr drei Kälber bekommen. Alle drei entwickeln offenbar auch magische Kräfte.«

»Der Staalo hat sein Zauber-Ren wohl sehr gerngehabt?«

»Er war ihm wohl auf seine eigene, seltsame Art zugetan. Allerdings war er ein anspruchsvoller und strenger Herr und hat das Tier oft wüst mit der Peitsche angetrieben. Aber trotz seiner harten Hand hat er doch gelegentlich das silbern schimmernde Fell gestreichelt. Kein anderes Wesen hat es je geschafft, den Staalo weichherzig zu machen, aber wenn er sein Rentier ansah, hatte er manchmal einen fast liebevollen Blick.«

»Ich glaube, bis zur Geburt der Kälber hat der Staalo geglaubt, das Rentier würde auf den Zauberberg zurückkehren. Nun weiß er, dass es nie mehr zu ihm zurückkommt. Und selbst ein Herz aus Stein empfindet es bestimmt als schmerzhaft, wenn die eigenen Gefühle nicht im Mindesten erwidert werden.«

Der Höhlentroll zuckte mit den Schultern und wechselte einen wissenden Blick mit dem Dunkeltroll.

»Der Hass im Herzen des Staalo scheint dadurch noch glühender geworden zu sein«, meinte der Höhlentroll nach langem Schweigen. »Deshalb lässt er uns so hart üben. Ich habe den Eindruck, dass von nichts anderem mehr die Rede ist als von dem bevorstehenden Kampf.«

»Für uns Trolle ist das alles sehr schwer. Wir taugen doch eigentlich nicht zum Kämpfen, das ist gegen unsere Natur. Ich weiß nicht, wie viele Trolle immer noch nicht richtig zuschlagen können, obwohl wir nun schon viele Monde üben.«

»Ich fürchte, der Staalo hat noch irgendetwas in der Hinterhand. Etwas, von dem er glaubt, dass es die Trolle zu wilden Kämpfern macht.«

Sie betrachteten die übenden Trolle, die größtenteils lustlos und schlapp miteinander kämpften. Wenn sie hätten wählen dürfen, hätten sie lieber in irgendeiner dunklen Höhle Schutz gesucht.

Tief im Innern des Berges starrte der Staalo mit gerunzelter Stirn auf sein Gebräu. Die Brühe blubberte, und wenn die Bläschen platzten, stieg grünlicher Rauch auf. Aus der Ferne war das Stampfen der widerwillig übenden Trolle zu hören. Der Staalo spürte, wie die Wut in ihm aufkochte. Er dachte an sein prachtvolles Rentier mit dem goldenen Geweih, erinnerte sich genau an jede nächtliche Schlittenfahrt, die er mit ihm unternommen hatte, an das Stampfen der glänzenden Hufe und an das Keuchen des Rentierbocks, der seine ganze Kraft einsetzte. Der Staalo erinnerte sich, wie die vom Lauf ermüdeten Muskeln des Tiers gezittert hatten, wenn er ihm die Hand auf den Rücken gelegt hatte. Diese Erinnerung erschien ihm besonders schmerzhaft, da er nun wusste, dass sich der Rentierbock mit seinen Kälbern in Sampos Obhut begeben hatte. Der Staalo schüttelte brummend den Kopf und zählte die Gegenstände seiner heißen Wut der Reihe nach auf. Er schüttelte die hoch erhobene Faust und schwor:

»Ich werde es euch allen zeigen! Am Polarlicht räche ich mich, weil es mich verschmäht hat. Ich raube seinem Liebling die Zauberkraft und zerstöre den Weihnachtsmann und seinen lächerlichen Blödsinn, den er Weihnachtszauber nennt. Sampo Lappalainen vernichte ich, weil er mir mein Zauber-Ren gestohlen hat, und das Tier will ich jetzt auch nicht mehr verschonen. Soll auch der Rentierbock mit seinem goldenen Geweih untergehen, es ist mir egal. Er soll seine Kräfte verlieren und bitter bereuen, dass er sich von einem Fremden hat berühren lassen. Ich werde es euch zeigen, hört ihr? Es wird nie mehr Weihnachten geben!«

13

Der Weihnachtsmann schlief schlecht. Merkwürdige Albträume weckten ihn mitten in der Nacht. Er stand auf und trank im fahlen Licht der Nacht Heidekraut-Tee, aber selbst die Kräuter schienen nicht zu helfen. Am Morgen tauschten die Wichtel besorgte Blicke, als sie die dunklen Schatten unter den Augen des Weihnachtsmannes bemerkten.

Der Morgen dämpfte jedoch die nächtlichen Sorgen, und als es Mittag wurde, stapfte der Weihnachtsmann bereits zufrieden lächelnd mit einem Birkenkorb durch den Wald. Die ersten Steinpilze waren aufgetaucht. Er nahm einen der Pilze in die Hand und befühlte den lederartigen, festen rötlichen Hut. Dann schnupperte er: Der Pilz roch nach Moos, nach Erde und nach etwas Sommerlichem, das tief im Boden steckte.

»Hallo, Weihnachtsmann, kann ich den Pilz haben?«

Im Baum wuselte ein Eichhörnchen mit braunem Rücken. Seine Schnauze bebte, als es den leckeren Geruch des Steinpilzes einsog. Es sprang vom Baum, lief mit langen Sprüngen zu ihm hin und landete mit einem einzigen Satz auf seiner Schulter. Als der Weihnachtsmann sein buschiges Fell streichelte, klackte es zufrieden mit der Zunge.

»Nimm nur. Was willst du denn damit tun?«

»Ich lege ihn in eine Astgabel, wo er im Sommerwind

trocknet. Dann verstecke ich ihn in einem passenden Loch, damit er vor Regen geschützt ist. Im Winter ist es eine herrliche Überraschung, wenn man sein altes Pilzversteck findet.«

»Wir trocknen auch Pilze. Die Wichtel haben körbeweise Pilze auf Fäden gezogen, und nun schaukeln sie im Wind. An kalten Wintertagen kann man daraus eine gute Pilzsuppe kochen. Allerdings schneiden die Kleintrolle die Fäden durch und werfen die Pilze in den Bach. Sie werden immer frecher, die büschelohrigen Bösewichter!«

»Offenbar isst du gerne Pilzsuppe. Die Wichtel auch?«

»Sie essen höflich den Teller leer, aber Wichtel sind nun einmal keine Pilzfreunde. Wenn die Blaubeeren, Rauschbeeren und Krähenbeeren reif sind, pflücken wir sie als Wintervorrat, der auch den Wichteln schmeckt. Aber wenn Getreide und Beeren nicht reichen, müssen wir uns mit Pilzsuppe behelfen.«

Das Eichhörnchen mochte nicht länger plaudern. Es hatte ein interessantes Geräusch gehört und hüpfte davon, den Pilz im Maul. Der Weihnachtsmann sah ihm nach, als es sorglos von Baum zu Baum sprang, und überlegte dabei, dass die Wichtel nun bald zu ihrem Sommertreffen aufbrechen würden. Eine seltsame Vorstellung, wieder allein zu sein. Kyksi war schon seit zwei Tagen irgendwo unterwegs, und der Weihnachtsmann konnte kaum begreifen, dass er es bis zum letzten Winter so lange ohne Gesellschaft ausgehalten hatte. Aber darüber zerbrach er sich nicht lange den Kopf. Die Pilze dufteten, ein milder Wind wehte, und der Frühsommer zeigte sich in all seiner Pracht. Der Weihnachtsmann ging immer weiter den Berg hinauf, pflückte unterwegs Steinpilze und tat sie in seinen Korb.

Überall entdeckte er wuschelige Vogelkinder, die sich unter Anleitung ihrer Eltern in den Vogelkünsten übten.

»Genau so, kleiner Pieper. Flieg hoch auf den Ast und dann wieder zurück.«

»Mist, schon wieder daneben.«

»Mach dir nichts draus, probier es gleich noch einmal. Na, komm schon, sogar der Weihnachtsmann schaut dir zu. Guten Tag, Weihnachtsmann.«

»Guten Tag. Eure Jungen verlassen das Nest in diesem Jahr aber früh.«

»Die ersten Sommerwochen waren schon so warm, dass es genug Nahrung gab. Vielleicht legen wir uns noch eine zweite Brut zu. Aber vorher muss unser kleiner Pieper, der als Letzter aus dem Ei geschlüpft ist, selbstständig fliegen lernen. Wir machen uns schon Sorgen, weil er so viel Anleitung braucht.«

»Brauch ich gar nicht. Ihr quasselt nur so viel, dass ich mich nicht konzentrieren kann!«

Der kleine Pieper machte einen neuen Versuch und sprang so hoch, dass ihn ein Windstoß packte und ein gutes Stück mit sich trug.

»Hui! Wow, was für ein Tempo!«

»Vorsichtig, Pieperchen! Entschuldige, Weihnachtsmann, ich muss hinterher!«

Der Windstoß trug einen schallenden Ruf vom Kranichsumpf herüber. Dort sang das Kranichpaar seinen Jungen ein Kranichlied. Das Kranichweibchen hatte drei große, grün gesprenkelte Eier ins Nest gelegt, aus denen nach langem Brüten graubraune Junge geschlüpft waren.

In der intensiven Wärme des lappischen Frühsommers hatten die mageren Jungen rasch zugenommen, und noch vor der Mitte des Sommers würden sie hinter ihren Eltern durch den Sumpf laufen und alle Kranichlieder lernen.

Die Sonne brannte immer heißer, als der Weihnachtsmann den Gipfel des Fjells erreichte. Der Wind hielt die Mücken fern, und so beschloss er, eine Weile zu rasten. Eine mit Heidekraut bewachsene Stelle schien ihn geradezu einzuladen, sich darauf auszustrecken. Dort lag der Weihnachtsmann so weich und warm, dass er die Augen schloss und spürte, wie die Wellen des Schlafs immer näher kamen und ihn davontrugen.

Unterdessen erschien am Waldrand hinter dem Fjell eine Gestalt, die ein buntes Kleid und eine lustige Mütze trug. Sie stellte den Sack, den sie auf dem Rücken trug, vorsichtig am Rand einer Quelle ab, schöpfte kaltes Wasser in die Hand, blies darüber und trank durstig.

»Wunderbar kalt! Ist es noch weit? Wie gut, dass du mir zufällig begegnet bist und mir den Weg zeigst, Kyksi.«

»Pju! Ich freue mich, wenn ich helfen kann. Wir sind bald da. Das hier ist schon der Korvatunturi.«

»Bist du sicher, dass ich dort willkommen bin?«

»Ganz sicher. Es sind ja auch schon einige Dutzend Wichtel aufgenommen worden.«

»Na ja, ich bin ja kein Wichtel. Aber vielleicht gelingt es mir, den Hausherrn zu überreden. Ich könnte ihm nämlich sehr nützlich sein, davon bin ich überzeugt.«

»Ich bin dem Weihnachtsmann auch sehr nützlich, wenn ich eine große Heldin werde.«

»Eine Heldin? Da musst du zuerst noch ein bisschen größer und stärker werden, Kyksi. Warte mal, ich binde

mein Gürtelband etwas fester. Dann gehen wir weiter, bis hinauf auf den Gipfel. Von da aus kann ich mir die Gegend anschauen, in der ich mich niederlassen will.«

Der Sack schaukelte auf dem Rücken der Trägerin, als sie den Abhang hinaufstieg. In dem herrlichen Sonnenschein schien der Pfad ihre Beine geradewegs nach oben zu ziehen. Doch plötzlich blieb sie stehen.

»Pst! Horch mal, Kyksi, was kann das sein? Brüllt da ein Bär oder vielleicht ein Großriese aus dem Norden? Flieg mal vorsichtig hin und sieh nach.«

Kyksi lachte.

»Ich kann dir auch so sagen, was für ein Riese da brüllt. Das ist ein Mann mit rotem Hemd, der so laut schnarcht, dass sein weißer Bart wackelt. Der Mann, zu dem du wolltest.«

Sie gingen vorsichtig näher heran und sahen den

Weihnachtsmann, dessen weiße Barthaare so lustig im Takt seines Schnarchens schaukelten, dass die Ankömmlinge laut auflachten.

»Krooch-kroch-kröch-kröch! Bin ich eingenickt?«

»Guten Tag, entschuldige, dass wir dich geweckt haben.«

»Ach, Kyksi. Wen hast du denn da mitgebracht? Guten Tag, ich bin der Weihnachtsmann.«

»Das trifft sich ja gut! Ich bin gerade auf dem Weg zu dir und den Wichteln.«

»Na, dann gehen wir doch gleich hinunter zu meinem Haus. Kann ich dir mit deinem Sack helfen?«

»Nein danke. Den trage ich immer selbst.«

In der Stube begrüßte die Besucherin die Wichtel und schnürte den mitgebrachten Sack auf.

»Lieber Weihnachtsmann, ich habe einen Vorschlag.

Zuerst muss ich aber wissen, ob die Information, die ich bekommen habe, zutrifft. Ich habe nämlich von der Patentante meiner Kusine gehört, dass du alle Wichtel, die eine neue Aufgabe suchen, zu dir eingeladen hast.«

»Das stimmt.«

»Und es sind Wichtel gekommen?«

In der Stube wimmelte es von Wichteln, die sich ansahen und leise lachten. Allerdings, es waren Wichtel gekommen!

»Ich habe schon erkannt, dass der Weihnachtsmann selbst magische Fähigkeiten besitzt, denn andernfalls hätte er mich nicht gesehen. Ich habe nämlich auch ein wenig Zauberkraft und bin für die meisten Menschen unsichtbar.«

»Ich würde gern ein wenig mehr über deine Zauberkraft erfahren.«

»Aber gern.«

Da kam ein Topf aus dem geheimnisvollen Sack. Auf den ersten Blick sah er aus wie ein ganz gewöhnlicher Kochtopf. Er hatte einen dicken runden Boden und einen Henkel, an dem man ihn über das Feuer hängen konnte. Außen war er schwarz vor Ruß, innen dagegen pieksauber. Man merkte, dass er seiner Besitzerin sehr wichtig war.

»Sieh dir den Topf einmal genauer an.«

Als der Weihnachtsmann den Rand des Topfes fixierte, sah er ein bläulich schimmerndes Glühen.

»Das ist ja ein magischer Topf! Ein richtiger Schatz! Was kann er denn?«

»Er ist mein größter Schatz. Wenn ich in diesem Zaubertopf ein klein wenig Brei koche, quillt er auf und auf, bis er den ganzen Topf füllt. Eine Handvoll Getreide genügt, um euch alle einen ganzen Tag lang satt zu machen.«

»Fantastisch!«

»Ja, und weil ich sehr gerne eine neue Aufgabe hätte, könnte ich als Hausmutter hier einziehen, Brei kochen und den Haushalt führen. Was sagst du dazu?«

Natürlich stimmte der Weihnachtsmann zu. Nachdem die Hausmutter eingezogen war, wurde die Stube bald viel wohnlicher. Von nun an standen die Schuhe der Wichtel ordentlich aufgereiht an der Tür, und an den Fenstern hingen hübsche Gardinen mit aufgestickten roten Streifen. Die Hausmutter stellte einen mit Erde gefüllten Topf auf das Fensterbrett und steckte ein Samenkorn hinein, aus dem bald ein schöner grüner Strauch spross. Den Esstisch deckte sie mit einem langen Tischtuch.

Das Schönste aber war der Brei, den die Hausmutter in ihrem zaubermächtigen Topf kochte. Die Wichtel versicherten einhellig, er sei das Beste, was sie je gegessen hatten.

»Von jetzt an ist das meine Lieblingsspeise!«, jubelte auch das Leckermaul Otto glücklich.

Dem Weihnachtsmann war eine große Sorge vom Herzen genommen. Mochten noch so viele Wichtel zu ihm ziehen, der Zaubertopf würde sie alle satt machen.

14

Dank des Zaubertopfes brauchte man sich über die Vorräte für den nächsten Winter nicht länger den Kopf zu zerbrechen. So konnten sich die Wichtel unbesorgt auf ihr Familientreffen vorbereiten. Oiva war zufrieden, denn alle Tiere in seiner Krankenstube waren geheilt.

»Denkt nur, auch der Falke, der so lange gehustet hat, ist endlich gesund geworden. Ich habe ihn mit Fichtenspitzensirup behandelt, der hat geholfen. Heute früh ist er nach Hause geflogen. Also kann ich mit euch kommen.«

»Ein Unglückshäher hat mir erzählt, dass die Saunawichtel aus dem Flussdorf auch teilnehmen wollen.«

»Und ich habe gehört, dass die Verwandten vom Haltitunturi schon aufgebrochen sind. Die wollen ja immer die Ersten sein. Angeblich bereiten sie einen lustigen Wettbewerb für unser Fest vor.«

»Ich habe gestern die Älteste der Waldwichtelinnen vom Berg Kuttustunturi getroffen. Sie hat versprochen, uns eine Führerin für die Moorstrecke zu schicken. Unsere grün gekleideten Kusinen kennen jede Bülte im Moor. Mit ihrer Hilfe kommen wir viel schneller ans Ziel. Ach, ich freue mich schon so auf unser Fest!«

Der Weihnachtsmann blickte ein wenig traurig drein, als die Wichtel voller Begeisterung ihre Bündel packten.

»Mach nicht so ein Gesicht, Weihnachtsmann. Wir

sind nur einen halben Mondumlauf weg, und in der Zeit reifen die Blaubeeren heran. Wenn wir zurückkommen, pflücken wir so viele Blaubeeren, Krähenbeeren und Rauschbeeren, dass du aus dem Staunen nicht wieder herauskommst. Die Moltebeeren wachsen auch allmählich, und wenn es Herbst wird, pflücken wir Preiselbeeren, Vogelbeeren und Moosbeeren. Wir versprechen dir, fleißig zu sein, wenn wir von unserer Reise zurückkehren. Die Hausmutter und Kyksi bleiben ja auch hier.«

»Macht euch nur keine Sorgen. Natürlich werde ich euch vermissen, denn ich habe mich ja so an euer fröhliches Treiben gewöhnt. Aber ich komme schon zurecht. Die Hausmutter kümmert sich um das Essen, und ich kann mir die Wartezeit ja vertreiben, indem ich einen neuen Speicher baue.«

»Pju! Eine gute Idee, Weihnachtsmann. Vielleicht helfe ich dir dabei, wenn ich nichts Besseres zu tun habe.«

Und so warfen sich die Wichtel ihre Bündel über die Schulter und brachen fröhlich schwatzend auf. Die Hausmutter und Kyksi gingen nach dem Abschied ins Haus zurück, während der Weihnachtsmann draußen stehen blieb und so lange winkte, wie er die Stimmen der Wichtel hörte. Als es still wurde, wischte er sich eine Träne aus dem Augenwinkel.

Doch dann riss er sich zusammen und holte seine große Axt aus dem Speicher. Auf einem sonnigen Hügel in der Nähe des Baches hatte er im vorigen Sommer Kiefernstämme zum Trocknen gestapelt. Nun schlug er sie in der passenden Länge zurecht und kerbte ihre Enden ein. Der Tag verging schnell, die Axt fuhr in das Holz, und duftende Späne flogen ins Gestrüpp. Der Weihnachtsmann zog sich das schweißnasse Hemd aus und schuftete weiter. Es roch wunderbar nach Harz, und allmählich genoss er den Rhythmus der Arbeit.

»Zeit für eine Pause. Ich habe dir eine kleine Stärkung gebracht.«

»Danke, Hausmütterchen. Ich bin auch schon hungrig.«

Der Weihnachtsmann schlang das Essen hinunter und arbeitete weiter. Bevor eine Woche vergangen war, hatte er die fertigen Balken bereits säuberlich aufgeschichtet. Später im Sommer wollte er daraus zusammen mit den Wichteln die Wände des neuen Speichers bauen.

Am nächsten Tag ruhte der Weihnachtsmann sich aus. Es war ein heißer Sommertag, und das Wasser im Bach war angenehm warm geworden. Es war herrlich, im Wasser zu liegen und die vorbeiziehenden Wolken zu betrachten.

»Was tust du da im Bach? Komm schnell heraus, du wirst ja ganz nass!«

Ein kleines Wieselweibchen saß am Bachufer und sah den Weihnachtsmann besorgt an. Dann flitzte es an der Weide vorbei hinter einen Uferfelsen.

Der Weihnachtsmann drehte sich um, mochte aber nicht aus dem Wasser steigen. Der Bach kitzelte ihn so herrlich an den Schultern und bewegte seine schwerelos gewordenen Arme und Beine. Wenn man mit den Beinen ganz leicht gegen die Strömung anschwamm, wurde man nicht davongeschwemmt.

»Komm doch auch her, Wiesel, dann schwimmen wir gemeinsam.«

»Ganz bestimmt nicht. Nun komm schon raus aus dem

gefährlichen Wasser, beeil dich. Du weichst ja auf. Ich hüte mich sogar vor Regen, denn wenn das Wasser durch das Fell bis auf die Haut dringt, erkälte ich mich sofort. Du bist so spärlich behaart, dass deine Haut jetzt schon ganz nass ist.«

»Mach dir keine Sorgen, Kleine. Ich kann sogar tauchen, guck mal!«

Der Weihnachtsmann tauchte. Mit kräftigen Armzügen schwamm er unter Wasser, drehte sich am Grund auf den Rücken und schaute durch das Wasser ins Licht, das in unzähligen hellen Strahlen in die Tiefe drang. Dann ließ er sich vom Wasser langsam wieder nach oben tragen. Prustend stieg er aus dem Bach und sah, dass das Wiesel voller Entsetzen hin und her rannte.

»Tu das nie wieder! Ich dachte schon, ich müsste da reinspringen und dich retten!«

Der Weihnachtsmann musste lachen. Doch um das Wiesel nicht weiter zu beunruhigen, nahm er sein Handtuch und rieb sich das Gesicht trocken. Der warme, kräftige Geruch des Handtuchs erinnerte den Weihnachtsmann daran, wie viel Arbeit nötig war, damit aus dem Flachs, der stolz auf den Feldern rauschte, ein schönes Tuch wurde. Der Flachs musste zuerst eingeweicht und dann getrocknet werden. Dann schlug man die harte Schale von den Stielen ab und machte die langen Fasern, die darunterlagen, weich. Sie glichen verfilztem Haar, doch wenn man die Strähnen geschickt umeinanderdrehte, erhielt man Garn. Diese Fäden verwob man auf einem Webstuhl, und so wurde aus dem Flachs schließlich ein duftendes Handtuch.

Das Wiesel hatte sich unterdessen beruhigt und sah dem

Weihnachtsmann mit blitzenden Augen beim Anziehen zu.

»Du hast nur am Kinn ein anständiges Fell. Warum lässt du es nicht überall wachsen? Du könntest versuchen, dir einen schönen seidigen Pelz wachsen zu lassen, wie ich ihn habe. Der ist im Sommer kühl und im Winter warm und spart dir die Mühe, dich anzuziehen.«

Der Weihnachtsmann lachte nur, und bald sprang das Wiesel davon.

Nach dem Bad fühlte er sich kühl und erfrischt, und da eine kleine Brise ging, plagten ihn auch die Mücken kaum. Beim Schwimmen hatten sich die von der harten Arbeit verspannten Rückenmuskeln gelockert, und auch das Harz hatte sich von seinen Händen gelöst.

Der Weihnachtsmann holte seine Angel und sah dem aus Borke geschnittenen Schwimmer zu, der auf dem Wasser tanzte. Davon hatte er an vielen Winterabenden geträumt, doch bevor der Abend anbrach, war er das Nichtstun bereits leid. Für den nächsten Tag musste er sich etwas Neues einfallen lassen.

»Was könnte ich denn morgen tun?«, fragte er die Hausmutter, die vor dem Haus Sommerblumen pflanzte, die sie am Wiesenrand ausgegraben hatte. Kyksi hüpfte auf dem Blumenbeet herum und pickte Samenkörner und kleine Insekten auf.

»Woher soll ich wissen, was du tun musst? Aber wenn dir sonst nichts einfällt, könntest du morgen die Wäsche waschen. Dann bist du mir wenigstens nicht im Weg.«

Der Weihnachtsmann freute sich über den Vorschlag. Wäschewaschen machte Spaß, und damit konnte man gut und gerne einen ganzen Tag verbringen.

Gleich am nächsten Morgen trug er viele Bündel Wäsche ans Ufer. Ein ganzer Berg aus ungewaschenen Hemden, Hosen, Leinenhandtüchern und sonstigen Kleidungsstücken kam zusammen. Der Weihnachtsmann füllte Wasser in den großen Waschkessel am Ufer und zündete darunter ein Feuer an. Dann holte er aus dem Seifenkübel im Speicher ein großes Stück von der Seife, die er im Herbst aus Fett und Birkenaschenlauge gekocht hatte.

Die Seife löste sich langsam im heißen Wasser auf. Der Weihnachtsmann saß vergnügt am Feuer, legte ab und zu Holz nach und rührte die Wäsche, die in der brodelnden Seifenlauge schwamm, mit einem langen Stock um. Schaum stieg auf, und am Ufer verbreitete sich dichter Waschküchengeruch. Bald war es Zeit, die kochend heißen Kleidungsstücke mit dem Stock aus dem Waschkessel zu fischen und zum Spülen in den Bach zu werfen. Anschließend würde er sie auswringen, glatt schütteln und auf die zwischen zwei Bäumen gespannte lange Leine hängen, wo sie im Wind trocknen würden.

Als der Weihnachtsmann gerade anfangen wollte, die Wäsche aus dem Wasser zu holen, ertönte hinter dem Wald ein gewaltiges, mehrstimmiges Krächzen.

»Kraak! Kein Sterbenswörtchen zu eurer Mutter. Ist das klar?«

»Kraa-aak, Ehrenwort. Wir sagen nichts, ganz bestimmt nicht, wenn wir nur mitkommen dürfen.«

»Und benehmt euch anständig, ein für alle Mal. Keine Kabbelei und kein Streit.«

»Ja, ja, das versprechen wir. Gibt's da was zu fressen?«

»Gut möglich. Vergesst nicht, danke zu sagen, wenn er euch etwas anbietet.«

»He, Papa, ich sehe ein großes dickes Wesen, das eine seltsame Suppe kocht. Ist das dein Weihnachtsmann?«

»Iiih, die Suppe stinkt, Papa! Davon fress ich aber nichts.«

»Haltet die Schnäbel, Jungs! Warum habe ich euch bloß mitgenommen ...«

Der Weihnachtsmann gab sich Mühe, ernst zu bleiben, als sein Krähenfreund am Bach entlang auf ihn zuflog. Hinter ihm flatterten drei Krähenjunge, die kicherten und einander Grimassen schnitten, sobald ihr Vater sie aus den Augen ließ.

»Herzlich willkommen! Wie schön, dich wiederzusehen, Krähe. Und so prachtvolle Junge hast du!«

»Na ja, für ihr Alter sind sie recht groß, und sie können schon besser fliegen als viele Gleichaltrige. Nur der Kleinste stellt sich noch ein bisschen ungeschickt an«, antwortete die Krähe mit gespielter Bescheidenheit und ließ sich mit den Jungen auf einem Ast nieder. Der Kleinste schwankte, flatterte wild mit den Flügeln und gewann das Gleichgewicht schließlich wieder.

Die Vogeljungen spähten neugierig zum Weihnachtsmann hinüber und kicherten.

»Isst du die schreckliche Suppe ganz allein auf?«, erkundigte sich der Molligste von ihnen.

Nun starrten alle drei den Weihnachtsmann aus ihren glänzenden schwarzen Augen an und legten die Köpfe exakt im selben Winkel schräg.

»Das ist keine Suppe, das sind schmutzige Kleider«, erklärte der Weihnachtsmann.

Die Vogeljungen lachten schallend, und der Jüngste fiel prompt vom Ast.

»Hast du das gehört, Papa, er hat einen ganzen Topf Schmutzwäsche gekocht!«

Verlegen scheuchte der Krähenvater seine Jungen fort. Bald hüpften sie am Ufer herum und richteten in kürzester Zeit allerhand Schaden an. Sie pickten die Angelwürmer des Weihnachtsmannes aus der Dose, zupften von den Birkenquasten, die zum Trocknen hinter der Sauna lagen, im Nu sämtliche Blätter ab und verzierten das Handtuch, das an der Tür hing, mit ihren schmutzigen Krallen.

»Deine Jungen sind ganz schön aktiv«, sagte der Weihnachtsmann ratlos.

»Aufgeweckte Burschen, nicht wahr?«, gab die Krähe zurück, so stolz, dass der Weihnachtsmann beschloss, das Thema zu wechseln, um keinen Streit über das Benehmen der Jungen vom Zaun zu brechen.

»Und wie geht es deiner Frau, Krähe?«

»Scharfzüngig ist sie, ein für alle Mal. Sie hält die Jungen fest im Zaum. Und mich auch, ehrlich gesagt. Wir sind heimlich hergekommen, weil sie von meinem Winterleben hier gar nichts hält. Sie selbst hat auch allerhand zu tun, ja, das hat sie.«

»So, so, deine Frau unternimmt also viel.«

»Ja, sie ist nämlich in den Norden gekommen, um festzustellen, ob noch mehr Krähen den Sommer hier verbringen könnten. Warum nicht? Mir soll es recht sein. Die Hauptsache ist doch, dass sie meine Frau geworden ist.«

»Wollt ihr noch mehr Junge haben?«

Die Krähe brachte es fertig, gleichzeitig verschämt und glücklich dreinzuschauen.

»Ja, der Vertrag läuft bis zum Lebensende.«

»Herzlichen Glückwunsch!«

»Danke. Ich bin glücklich, ein für alle Mal. Umso mehr, als sie den Winter im Süden verbringen und nur im Sommer zum Nisten herkommen will. Stell dir vor, jeden Winter bin ich eine freie Krähe! Auweia, das hätte ich nicht laut sagen dürfen, ein für alle Mal nicht. Du erzählst meiner Frau doch nichts davon?«

»Warum sollte ich. Ich finde, das ist ein gutes Arrangement: Im Sommer zieht ihr beide eure Jungen groß, und im Winter kommst du zu mir, um dich auszuruhen.«

»Ja, und um zu futtern. Apropos: Hättest du vielleicht ein wenig Brei? Meine Jungen brauchen Futter. Vor allem der Kleinste frisst neuerdings Unmengen, er scheint immer hungrig zu sein.«

»Ja, aber die Wäschesuppe fresse ich trotzdem nicht, Papa!«

Der Weihnachtsmann holte einen Teller mit übrig gebliebenem Brei aus dem Haus und stellte ihn auf die Erde. Während die Jungen fraßen, unterhielt sich ihr Vater kurz mit Kyksi, die sich riesig freute, ihren großen Bruder nach so langer Zeit wiederzusehen.

Die Jungen jubelten über das viele Futter, doch ihre Tischmanieren waren einfach unmöglich. Sie klacksten und kleckerten schlimmer, als ihr Vater es je getan hatte; der Dickste stand sogar auf dem Teller, die Beine tief im Brei. Nachdem sie aufgegessen hatten, rülpsten sie im Chor, kicherten und flogen dann auf einen Stein, um sich notdürftig das Gefieder zu richten.

»Kinder, habt ihr nicht etwas vergessen? Was fehlt?«

»Der Nachtisch, Papa! Wo bleibt der Nachtisch?«

Die Krähe wirkte verlegen.

»Ich versuche, ihnen beizubringen, dass man nach dem Essen danke sagt, aber das will den Wildfängen nicht in den Kopf. Danke, Weihnachtsmann, in unser aller Namen. Ich komme wieder vorbei, sobald es geht, aber ein paar Wochen wird es sicher dauern. Und jetzt los, ihr Krummschnäbel! Ich fürchte, eure Mutter wartet schon.«

Der Krähenvater brachte seine Jungen zurück ins Nistrevier, doch ihr Krächzen und Kraken war noch lange zu hören.

»Denkt daran, dass ihr nicht verraten dürft, wo wir waren.«

»Nein, wir sagen nichts. Aber es war doch ein Glück, dass er uns nichts von der Schmutzwäschesuppe angeboten hat. Jetzt muss er sie ganz alleine aufessen.«

Als das Gelächter der Krähenjungen nicht mehr zu hören war, sah sich der Weihnachtsmann um. Was für eine Stippvisite! Vor der Sauna war alles durcheinander, und der gesamte Brei war in den Schnäbeln der gierigen Schlingel verschwunden.

Der Weihnachtsmann beseitigte die Unordnung, die die Krähenjungen hinterlassen hatten, bevor er die Wäsche aus dem Kessel holte und im Bach ausspülte. Darüber verging der ganze Abend. Es war schon Nacht, als der Weihnachtsmann endlich die letzten Wäschestücke auf die Leine hängte. Doch es machte ihm nichts aus, dass sich sein Arbeitstag so in die Länge gezogen hatte, denn es war eine herrliche Sommernacht. In Lappland geht die Sonne im Sommer gar nicht unter, sie sinkt nur an den

Horizont und steigt dann wieder auf. Ein wundersam leuchtendes Licht erfüllt Tage und Nächte. Der Weihnachtsmann saß im goldenen Sonnenschein der allerersten Morgenstunden, lauschte dem Gesang der Vögel, die über die Länge des Tages jubilierten, und genoss den herrlichen Geruch der frisch gewaschenen Wäsche.

15

Ist schon etwas zu sehen?«, fragte der Weihnachtsmann Kyksi und drückte den Stein an seinem Hals. Er war jedoch so aufgeregt, dass selbst der Polarlichtstein ihn nicht beruhigte. Ruhelos rannte er hin und her.

»Immer noch nicht, obwohl der Unglückshäher gesagt hat, die Wichtel kämen heute zurück. Ich bin den ganzen Tag hin und zurück geflogen, um nach ihnen Ausschau zu halten, und jetzt knurrt mir der Magen. Ich brauche einen kleinen Imbiss. Ohne Essen hält das selbst eine Heldin nicht durch!«

Der Weihnachtsmann eilte in den Speicher, nahm einige Körner aus der Getreidekiste und zerdrückte sie hastig zwischen zwei Steinen.

»Sehr delikat«, schmatzte Kyksi zufrieden. »Blumig, leicht und harmonisch im Geschmack, der Abgang angenehm rosinenhaft.«

»Friss auf, Kyksi, anstatt jede Graupe einzeln zu verkosten. Und dann flieg wieder los und sieh nach, ob die Wichtel kommen.«

Kyksi schluckte den letzten Bissen herunter und flog dann leicht schwankend auf. Bald kehrte sie keuchend und heftig mit den Flügeln schlagend zurück.

»Sie kommen! Sie sind schon auf dem Gipfel des Korvatunturi! Bevor es Nacht wird, sind sie hier!«

»Hausmutter! Nun kommen sie endlich!«

Jauchzend vor Freude lief der Weihnachtsmann den Wichteln entgegen. Was hatten sie wohl von ihren Verwandten zu berichten? Und was würden sie dazu sagen, dass er durch die harte Arbeit mit der Axt und am Waschkessel abgenommen hatte?

»Hallo, Weihnachtsmann, wir kommen!«, rief Onni als Erster.

»Hallo, Wichtel, willkommen zu Hause!«, antwortete der Weihnachtsmann freudestrahlend.

»Wie schön, unsere Stube wiederzusehen – und dich! Du scheinst in unserer Abwesenheit kaum zugenommen zu haben«, sagte Oiva lachend.

Die Wichtel gingen fröhlich lärmend ins Haus, wo die Hausmutter bereits ihr schönstes Tischtuch aufgelegt und Schüsseln, Löffel und einen großen Topf Brei auf den Tisch gestellt hatte.

»Den haben wir vermisst! Hausmütterchens Delikatesse!«

Als die Wichtel sich satt gegessen hatten, schliefen die meisten sofort ein. Einer sang noch die letzten Strophen eines lustigen Wichtelliedes, das er unterwegs gelernt hatte, doch bald legte auch er sich hin und schloss die Augen. In der Stube begann ein vielstimmiges Schnarchkonzert.

Onni hatte sich nicht schlafen gelegt. Er zupfte den Weihnachtsmann besorgt am Ärmel.

»Komm mal mit nach draußen. Ich muss dir etwas sagen, was die anderen lieber nicht hören sollen.«

Sie gingen an den Bach und setzten sich auf die Ufersteine.

»Du hast schlechte Nachrichten, nehme ich an.«

»Ja, Weihnachtsmann. Es geht um den Staalo.«

»Um den Staalo? Der hat doch den ganzen Sommer nichts von sich hören lassen. Sogar die Kleintrolle haben uns in letzter Zeit in Ruhe gelassen.«

»Die Schnee-Eule, die ein paarmal bis zum Berg des Staalo geflogen ist, hat mir schon vor einer Weile etwas erzählt, das bedrohlich klang.«

»So weit ist sie geflogen? Und was hat sie dort gesehen?«

»Dass der Staalo seine Bannzauber übt.«

»Und du hast mir nichts davon gesagt!«

»Ich wollte dich nicht beunruhigen, du hattest so viele andere Sorgen. Deshalb wollte ich zuerst selbst herausfinden, was am Zauberberg eigentlich vor sich geht.«

»Du warst dort?«, entsetzte sich der Weihnachtsmann.

»Ja. Ich habe das Sommerfest der Wichtel ausgelassen, bin zum Zauber-Ren gegangen und habe es um Hilfe gebeten. Es kennt ja den Weg zum Staalo. Das Zauber-Ren war über den Bericht der Schnee-Eule genauso besorgt wie ich und bot mir an, mich hinzubringen. Das war ein Ritt! Wenn mich der Gedanke an den Staalo nicht so gequält hätte, hätte ich sicher den ganzen Weg über gejauchzt, so toll lief das Zauber-Ren. Seine Hufe schlugen Funken, als es über die Fjells trabte.«

»Aber, Onni, war es denn nicht gefährlich, zum Staalo zu gehen?«

»Doch, und beinahe wäre es mir schlecht ergangen. Weil das Zauber-Ren Angst hatte, seinem früheren Herrn zu nahe zu kommen, hat es mich in der Nähe des Berges abgesetzt und dort auf mich gewartet. Ich habe mich leise angeschlichen und den Staalo vor seiner Höhle gesehen.

Er sah stark und schrecklich aus, und die Trolle zitterten unter seinem Blick. Selbst die Riesin konnte dem Staalo nichts anhaben.«

»Die Riesin? Eine richtige Riesin war auch da?«

»Ja, aber zum Glück nur eine, und zwar aus der Familie der Kleinriesen. Trotzdem war sie gigantisch, doppelt so groß wie die Dunkeltrolle und die gewöhnlichen Höhlentrolle. Am Zauberberg wimmelt es von Trollen.«

»Wie hat der Staalo sie wohl für sich gewonnen? Trolle wollen doch keinem gehorchen.«

»Das ist die allerschlimmste Nachricht. Ich habe gesehen, dass der Staalo gelernt hat, sie mit seinem Blick zu bannen, und drinnen im Berg brodelt irgendein Zaubertrank, von dem ein seltsam süßlicher, lockender Geruch ausgeht, gefährlich und faszinierend zugleich. Die Trolle stehen in Staalos Bann, und beinahe hätte es auch mich erwischt.«

»Ach, Onni, in welche Gefahr du dich gebracht hast! Was ist passiert?«

»Ich bin näher herangeschlichen und habe gesehen, wie der Staalo einen neuen Troll verzauberte. Es war ein Höhlentroll, der sich heftig wehrte. Der Staalo hat ihm seine großen Pranken auf die Schultern gelegt, ihn mit seinen schwarz blitzenden Augen angesehen und mit tiefer Stimme irgendetwas gesagt. Der Troll wurde von einer Sekunde zur anderen völlig willenlos, er starrte den Staalo nur noch an und nickte. Da habe ich einen Schreck gekriegt, bin auf einen knisternden Zweig getreten, und der Staalo hat mich gesehen. Er hat mir seine Trolle auf den Hals gejagt, und ich bin weggerannt. Ich bin geflitzt, so schnell ich nur konnte, aber ohne das Zauber-Ren säße ich jetzt in der Höhle des Staalo und wäre verhext. Die Trolle waren verdammt schnell.«

»Wie gut, dass das Zauber-Ren dabei war.«

»Ich bin ihm ewig dankbar. Es hatte den Lärm der Trolle gehört, die mir auf den Fersen waren, und ist mir sofort zu Hilfe geeilt. Es ist zu mir gelaufen und hat den Kopf gesenkt, sodass ich mich an seinem goldenen Geweih festhalten konnte. Ein Kopfschwung, und ich saß auf seinem Rücken. Dann ist es nach Hause geprescht und hat die Trolle im Nu abgehängt. Der Staalo hat uns wütend nachgebrüllt, und das Zauber-Ren hat seine Ohren fest angelegt, um das wilde Gebrüll nicht zu hören.«

»Was für ein Glück, dass du davongekommen bist! Und es ist gut, dass wir jetzt wissen, was auf dem Berg geschieht. Der Staalo will also mit seinen Trollen in den Kampf ziehen. Der Mann, dem sein Angriff gilt, kann einem leidtun.«

»Du kannst einem leidtun, Weihnachtsmann. Dich will der Staalo angreifen.«

Der Weihnachtsmann schluckte. Gerade jetzt, da alles so gut lief: Der Speicher war gefüllt mit Spielzeug für Weihnachten, die Hausmutter sorgte mit ihrem Zauberkessel für den Brei, und die Kälber des Zauber-Rens wuchsen heran. Musste der Staalo ausgerechnet jetzt alles verderben?

»Das Schlimmste ist, dass der Staalo von deinem Polarlichtstein weiß. Er hat mir nachgerufen, er würde ihn dir wegnehmen und den ganzen Weihnachtszauber zerstören.«

Erschrocken fasste der Weihnachtsmann nach dem

kleinen Stein an seinem Hals. Wenn der Staalo ihm das kostbare Geschenk wegnahm, das er zur Geburt bekommen hatte, war womöglich auch die Zauberkraft des Polarlichts gebrochen. Mit dem Stein würde der Weihnachtsmann seine Fähigkeit verlieren, an Weihnachten alle Kinder zu besuchen, die auf ihn warteten. Ohne die Zauberkraft, die ihm das Polarlicht verliehen hatte, würde er am Weihnachtsabend machtlos vor seinem Haus stehen, und die ganze Arbeit der Wichtel wäre vergebens gewesen.

»Das würde ja bedeuten, dass es kein Weihnachten mehr gibt«, stammelte der Weihnachtsmann bestürzt.

»Jetzt verstehst du sicher, dass die anderen Wichtel nichts davon erfahren dürfen. Es genügt, wenn wir beide uns Sorgen machen.«

Der Weihnachtsmann nickte und sah sich verstohlen um. Die schöne Sommernacht erschien ihm plötzlich düster.

»Vorläufig können wir nur warten. Vielleicht wird ja doch noch alles gut«, sagte Onni müde, gähnte herzhaft und ging dann zu den schlafenden Wichteln ins Haus.

Der Weihnachtsmann blieb draußen sitzen. Er stützte den Kopf auf die Hände und spürte große Trauer in seinem Herzen. Warum musste der Staalo so böse sein? Gab es im weiten Lappland nicht genug Platz für sie beide, ohne Streit und Bosheit?

Da setzte sich eine braune Libelle auf seine Hand. Der Weihnachtsmann betrachtete ihre feinen, schimmernden Flügel, in denen sich die leuchtenden Farben des Polarlichts zu spiegeln schienen. Als die Libelle den Kopf drehte, glitzerten ihre Augen schwarz. Sie saß eine Weile

da und wärmte sich, drehte dann probeweise ihre Flügel und flog plötzlich auf wie eine kleine Elfe. Sie schoss vorwärts, machte in der Luft halt, wechselte die Richtung und flog weiter.

Fasziniert beobachtete der Weihnachtsmann die kunstvollen Bewegungen des Insekts und spürte, dass ihm leichter ums Herz wurde. Es gab doch auch so viel Schönes in der Welt. Vielleicht wurde doch noch alles gut.

Am nächsten Morgen erwachten die Wichtel gähnend und setzten sich an den Frühstückstisch.

»Gestern wart ihr zu müde, um viel zu erzählen. Wie war denn euer Treffen?«

»Ganz toll. Wir haben allen von unserem Leben hier erzählt, und mir scheint, dass einige Lust hätten, auch Weihnachtswichtel zu werden.«

»Gut. Wir haben noch Platz für weitere Wichtel, und wenn es eng wird, bauen wir im nächsten Sommer an. Habt ihr denn eure Verwandten getroffen?«

»Natürlich. Fast alle waren gekommen, und viele hatten etwas Neues zu erzählen oder zu zeigen. Am tollsten war das neue Spiel, das uns die Wichtel vom Ounasvaara vorgeführt haben.«

Alle Wichtel nickten eifrig. Es sei wirklich ein interessantes und mitreißendes Spiel, sagten sie.

»Wollen wir es dem Weihnachtsmann zeigen?«, fragte Otto.

Die Wichtel rannten hinaus. Ihr Eifer belustigte den Weihnachtsmann. Rasch legte er Tassen und Teller in den Spülbottich, den die Hausmutter schon bereitgestellt hatte. Sie spülten gemeinsam und lauschten dabei auf die Sägegeräusche und Rufe, die vom Hof hereindrangen.

»Der ist zu lang geworden, Onni.«

»Soll ich ein Stück absägen? Ist es so besser?«

»Genau die richtige Länge. Oiva, wo bleibt denn der Pinsel?«

»Mach keinen Aufstand, hier kommt er ja schon. Du hast zwar die erste Meisterschaft gewonnen, aber bilde dir ja nicht ein, dass du wieder siegst. Diesmal werde ich dich schlagen, Otto!«

Die Wichtel schienen genau in dem Moment mit ihren Vorbereitungen fertig zu werden, als alles Geschirr gespült war. Die Hausmutter und der Weihnachtsmann sahen ein Dutzend kleine Klötze auf dem Hof stehen. Sie waren alle unterschiedlich lang, und in jeden war eine Nummer eingeschnitzt.

»Guckt genau zu«, sagte Otto. »Ich bin Meister geworden, deshalb zeige ich euch, wie es geht. Ich stelle mich hinter diese Linie und werfe diesen dunklen Klotz nach den anderen, die eine Nummer haben. Für jeden Klotz, der umkippt, bekomme ich einen Punkt. Wenn nur einer umfällt, bekomme ich die Punktzahl, die draufsteht. So! Seht ihr, ich habe acht Klötze umgeworfen. Also habe ich schon mal acht Punkte. Jetzt stelle ich die Klötze da wieder auf, wo sie hingefallen sind. Wer ist jetzt dran? Du, Oiva?«

»Ja. Und ich versuche jetzt, den niedrigen Klotz zu treffen, der ein bisschen abseitssteht und die Nummer zwölf hat. Hepp! Geschafft! Jetzt habe ich zwölf Punkte und liege in Führung. Hausmütterchen, willst du es als Dritte versuchen?«

Die Hausmutter warf gut. Nach ihr war der Weihnachtsmann an der Reihe, und allmählich riss das Spiel alle mit sich. Der Weihnachtsmann vergaß seine Sorgen, als die ganze Schar lachte und wetteiferte. Sie feuerten sich gegenseitig an und passten genau auf, wer als Erster exakt fünfzig Punkte beisammenhatte und damit der Sieger war. Aus dem Beerenpflücken wurde nichts, und auch am nächsten Tag warfen sie stundenlang Klötze, bis die Hausmutter der Sache einen Riegel vorschob.

»So geht es nicht weiter. Die Beeren sind reif, und hier wird den ganzen Tag lang nur das Klotzspiel gespielt«, erklärte sie resolut.

»Du hast doch selbst so eifrig mitgespielt wie kein anderer«, verteidigten sich die Wichtel.

»Stimmt, aber jetzt ist es genug. Wie wäre es, wenn wir uns darauf einigen, erst abends zu spielen, wenn die Arbeit getan ist?«

Das klang vernünftig. Da sie nur noch eine oder zwei Stunden pro Tag spielen durften, hatten die Wichtel nun auch wieder Zeit für andere Beschäftigungen. Manche malten oder lasen, andere gingen schwimmen oder besuchten Sampo, einige nähten und bastelten. Und jeden Abend stand das Klotzspiel auf dem Programm.

Ein Monat verging ohne Zwischenfälle. Im Sumpf pflückten sie goldene, in der Sonne gereifte Moltebeeren. Sie füllten ein ganzes Fass, das sie in der Nähe einer kühlen Quelle aufbewahrten. Im Wald schoben die Steinpilze des Spätsommers ihre Hüte durch das Moos und das Beerenkraut. Der Weihnachtsmann entspannte sich allmählich, denn vom Staalo war immer noch nichts zu hören. Vielleicht hatte er seine Drohung vergessen. Vielleicht war es doch möglich, dass der Staalo und der Weihnachtsmann in Frieden im weiten Lappland leben konnten, wo doch so viele Fjells zwischen ihnen lagen.

Die Wichtel sorgten dafür, dass der Weihnachtsmann nicht auf trübe Gedanken kam, denn sie ließen sich immer wieder etwas Neues einfallen. An einem Regentag beschlossen sie, sich eine lange Geschichte auszudenken, die jeder der Reihe nach fortsetzen sollte. Das wurde wirklich eine seltsame Erzählung! Manche Wichtel ließen den Helden fantastische Abenteuer erleben, andere führten ihn in wunderschöne Landschaften, wieder andere kehrten zu vergessenen Nebenfiguren zurück und erzählten von ihnen. Die aberwitzige Handlung sorgte für reichlich Gelächter.

Am Korvatunturi ging es so fröhlich zu, dass die Angst, die dem Weihnachtsmann die Luft abgeschnürt hatte, allmählich verflog. Der wunderbare lappländische Spätsommer brach an. Dann ging die Sonne gegen Mitternacht ein Weilchen unter. Bald wurde es nachts ein wenig länger dunkel. An den Tagen schien die Sonne so prächtig wie zuvor, doch die Nächte wurden kälter, Dunst stieg auf und verhüllte den Gipfel des Fjells.

Die ersten Preiselbeeren hatten sich rot gefärbt. Der Weihnachtsmann und die Wichtel streiften mit ihren Körben durch den Wald, um diese neuen Gaben des Waldes zu ernten. Es bereitete ihnen wenig Mühe, die Preiselbeeren zu pflücken, denn an jedem Zweig hingen so viele Beeren, dass man mit einem Griff fast eine ganze Handvoll bekam.

Mitten in der Preiselbeerernte entdeckte der Weihnachts-

mann unter einem Felsüberhang mehrere Sträucher mit den letzten Blaubeeren des Sommers und beschloss, sie gleich aufzuessen. Er sah sich um: Niemand beobachtete ihn. Also stopfte er sich die saftigen Beeren in den Mund. Ihr Saft färbte seine Finger dunkelrot.

»So, so. Statt fleißig Preiselbeeren zu pflücken, hast du ganz allein Blaubeeren verdrückt, du Gierschlund«, tadelten ihn die Wichtel, als er zurückkam.

Der Weihnachtsmann war verblüfft. Woher wussten die Wichtel, was er getan hatte?

»Pju! Guck dir mal deinen Bart an, der hat dich verraten. Er ist voller Blaubeerflecken.«

Der Saft der süßen Beeren war ihm tatsächlich auf

den Bart getropft. Der Weihnachtsmann musste sich tagelang Frotzeleien anhören, denn die Blaubeerflecken wollten einfach nicht aus seinem schneeweißen Bart verschwinden. Die Wichtel konnten immer wieder darüber lachen.

»Hör mal, Weihnachtsmann, mir fällt gerade ein Sprichwort ein. Es fängt ungefähr so an: Der Bart ist des Mannes Ehre, und dann könnte es so weitergehen: selbst wenn er gefleckt ist.«

Der Weihnachtsmann strich sich den Bart und bemühte sich, Haltung zu bewahren.

»Wer den Schaden hat, braucht für den Spott nicht zu sorgen«, stellte die Hausmutter fest, und damit begann ein wahrer Sprichwortwettbewerb, da jeder Wichtel versuchte, sich den lustigsten Spruch auszudenken.

»Dem Bösen wächst kein Bart, dem Faulen kein Kinnhaar – aber unserem Weihnachtsmann wächst ein gefleckter Bart!«

»Der Bart schaut nicht auf die Schlechtigkeit des Mannes – aber auf den Bart des Weihnachtsmannes schaut jeder!«

»Besser ein Spatz in der Hand als Flecken im Bart.«

»Man gewöhnt sich an alles, sogar an einen bunten Bart.«

»Die Hässlichen werfen sich in feine Kleider, aber manchem genügt schon ein gefleckter Bart.«

Der Weihnachtsmann lächelte tapfer und murmelte in seinen Bart: »Jedem Tierchen sein Pläsierchen.«

Als der Bart nach dem dritten Bad in der Sauna endlich wieder sauber war, atmete der Weihnachtsmann erleichtert auf. Der Spott der Wichtel hatte an seinen Kräften gezehrt, zumal der eigentliche Grund seine Gier gewesen war. Er hatte in diesen Tagen immer wieder bereut, dass er die Blaubeeren ganz allein aufgegessen hatte.

In der Krankenstube war es den ganzen Sommer über still gewesen, doch als der Herbst anbrach, füllte sie sich allmählich wieder mit Patienten. Zuerst kamen ein Mäusejunges, das an einem Giftpilz geknabbert hatte und nun unter Bauchschmerzen litt, und ein junger Hase, der sich beim Spielen die Pfote verrenkt hatte, dann eine ganze Brut Kreuzotterjunge, denen die Häutung Juckreiz beschert hatte. Der Wichtel Oiva war mit der Krankenpflege vollauf beschäftigt, und die anderen Wichtel sammelten fleißig Herbstpilze und Vogelbeeren.

Eines Morgens war die Erde von schimmerndem Reif bedeckt; am nächsten Tag hatte der Frost das Blaubeerkraut und das Laub an den Bäumen rot, golden und gelb gefärbt. Wo gerade noch alles dunkelgrün und flechtengrau gewesen war, prangte die Natur nun in den prächtigsten, in der Herbstsonne leuchtenden Farben. Die klare Herbstluft und das eilige Lebewohl der Zugvögel stimmten den Weihnachtsmann wehmütig.

»Auf Wiedersehen, Weihnachtsmann! Im nächsten Sommer kommen wir wieder zu unserem Teich. Pass bis dahin gut auf ihn auf!«

Die Kraniche und ihre schon fast ausgewachsenen graubunten Jungen schraubten sich immer höher in die Luft. Der Weihnachtsmann sah ihnen sehnsüchtig nach, denn an Herbsttagen wie diesem erinnerte er sich an seine langen Reisen in den Süden und litt unter Fernweh.

In der nächsten Nacht war der Frost so streng, dass sich an den Bachufern eine dünne Eisschicht bildete, die

tagsüber schmolz, in der folgenden Nacht aber wieder gefror und sich allmählich immer weiter zur Mitte des Baches vorschob. Auch der Sumpf fror zu, und nun konnten die Wichtel dort die allerletzten Beeren pflücken. Sie wanderten über den reifbedeckten Sumpf und bewunderten jeden einzelnen Eisstern. Vor Kälte zitternd pflückten sie saure Moosbeeren. An den zarten Stielen mit den kleinen, länglichen Blättern waren im Laufe des Sommers große rote Beeren gewachsen, zu denen man sich demütig hinabbeugen musste, denn nur aus der Nähe waren sie zwischen dem grünen Moos zu erkennen. Plötzlich war ein aufgeregtes Zwitschern zu hören. Kyksi kam angeflogen und überbrachte eine Nachricht.

»Endlich! Zurück! Toll!«

Die kleine Sumpfmeise, vom schnellen Flug außer Atem, keuchte so heftig, dass die Wichtel nicht verstanden, was sie ihnen sagen wollte.

»Was ist zurück?«, fragte Otto.

»Mein großer Bruder kehrt zurück!«, jubelte Kyksi. »Und gleich doppelt.«

»Doppelt? Wie kann die Krähe denn doppelt zurückkommen?«

»Kommt gucken! Ach, welche Freude, welche Seligkeit!«, flötete Kyksi und flog schon wieder zurück zum Haus.

Otto lief ihr nach, und bald stapften alle Wichtel heimwärts, so schnell sie konnten. Der Weihnachtsmann konnte bei ihrem Tempo nicht mithalten, und als er endlich atemlos in die Stube trat, saß die Krähe bereits mit vollem Schnabel bei Tisch. Neben ihr hockte gierig fressend eine kleinere, aber dickere Krähe. Kyksi hatte nicht übertrieben. Die Krähe war tatsächlich zweifach zurückgekehrt.

»He, Papa, da kommt der dicke Wäschesuppenkoch!«

»Pst! Hatte ich dir nicht erklärt, dass du ihn ein für alle Mal nicht dick nennen darfst?«

Der Weihnachtsmann lachte vor Freude, als die Krähe auf seine Schulter flog und ihren Schnabel sanft an seiner Wange rieb.

»Kraak! Endlich wieder zu Hause. Der Sommer war lang und voller Arbeit.«

»Wie schön, dass du zurückgekommen bist. Aber wen hast du da mitgebracht?«

»Erinnerst du dich nicht? Das ist mein Jüngster. Ein bisschen mollig ist er geworden. Meine Frau hat gesagt, er soll hierbleiben, er würde den langen Flug in den Süden sowieso nicht schaffen.«

»Pju! Wie schön, ich bin Tante geworden. Tante Kyksi!«

Zum Vergnügen der Wichtel erzählte die Krähe viele abenteuerliche Geschichten.

»Meine Frau flog gerade zum Berg Nivatunturi, als sie eine Herde Trolle sah, die in Richtung Korvatunturi kraxelten. Da kriegte sie die Wut und stürzte sich auf die Trolle. Die haben sehr empfindliche Ohrläppchen, an denen lange Haare wachsen. Na ja, und die hat meine Frau ihnen mit ihrem prachtvollen Krummschnabel ausgerupft. Die Trolle rannten kreischend davon, und meine Frau brachte stolz echtes Trollhaarpolster in unser Nest. Da haben unsere Jungen weich gelegen.«

»Mama ist ganz schön mutig, stimmt's, Papa? Viel mutiger als du.«

Die Krähe räusperte sich und scheuchte ihr Junges hinaus zu seinen Flugübungen.

Im Haus des Weihnachtsmannes begann die Herbstarbeit: Die Wichtel bastelten, schnitzten und nähten Geschenke für die Kinder. Als der Herbstregen allmählich in Schneeregen überging, war der Speicher schon fast bis zum Rand gefüllt. Oiva pflegte seine Patienten und fragte sie nach Neuigkeiten aus.

Eines Tages kam die Schnee-Eule, die er im Winter gesund gepflegt hatte.

»Guten Tag, Schnee-Eule. Hattet ihr Erfolg beim Brüten?«

»Danke der Nachfrage, unsere beiden Jungen sind schon aus dem Nest. Ich habe Nachrichten vom Berg des Staalo. Vom Gipfel steigt immer noch dieser süßliche Rauch auf, und die Trolle machen ihre Kampfübungen doppelt so häufig wie bisher. Aber sie verlassen den Berg nicht mehr, abgesehen von einigen kleineren Trüppchen, die ab und zu in Richtung Korvatunturi ausziehen.«

»Vielleicht war es doch nur Fehlalarm«, meinte der Weihnachtsmann, als Oiva ihm erzählte, was er von der Schnee-Eule erfahren hatte.

»Hoffentlich. Aber an deiner Stelle würde ich noch nicht aufatmen«, brummte Oiva.

Die Nächte wurden immer dunkler und länger. Die Erinnerung an das gleißende Licht des Sommers verblasste immer mehr, je länger der feuchtkalte Herbst andauerte. Es hatte immer noch nicht geschneit, der Winter war spät dran.

Eines Nachts wurde der Weihnachtsmann wach. Am Himmel waberten dicke Wolken, zwischen denen der Mond hervorlugte. Der Weihnachtsmann zog sich leise an und ging in den Wald. Dort war es so dunkel, dass er mit den Händen nach den Zweigen tasten musste. Weiche Fichtennadeln strichen ihm über das Gesicht, und im Schutz der Äste hatte der Frost den Moosteppich mit einer dünnen, harten Eisschicht überzogen, die unter den Füßen des Weihnachtsmannes klirrend zerbrach. Dann zog sich die Wolkendecke vor dem Mond zusammen, und es begann zu regnen. Winzig kleine kalte Tropfen fielen vom Himmel und verwandelten sich auf ihrem Weg durch die Lüfte in weiß leuchtende Punkte. Schnee! Der erste Schnee fiel in großen Flocken, die im Nu den ganzen Wald bedeckten. Das Moos und die Bäume erhielten einen weißen Mantel. Der eben noch schwarze, dunkle

Wald strahlte nun schneeweiß, und der Weihnachtsmann sah die Bäume, den Sumpf und den schneebedeckten Gipfel des Fjells.

So begann der Winter am Korvatunturi, die Zeit des weißen, schneeigen Lichts. Der Weihnachtsmann wanderte durch das Schneetreiben und hörte überall um sich herum von den lieben Wünschen und guten Taten der Kinder. Irgendwo hatte ein Kind seiner Mutter viele Armvoll Brennholz ins Haus getragen, ein anderes Kind hatte ohne Murren seine kleine Schwester gehütet und ein drittes sorgsam seine Hausaufgaben gemacht. Sie alle freuten sich auf Weihnachten und warteten auf den Besuch des Weihnachtsmannes. Der Himmel war voll von herrlichen Schneeflocken mit guten Nachrichten. In seinem Herzen spürte der Weihnachtsmann, dass dies seine Welt war, diese nächtliche Schneelandschaft. In dieser Nacht sehnte er sich nicht fort.

Am nächsten Morgen wachte der Weihnachtsmann gut erholt auf. Der Polarlichtstein über seinem Herzen schien warm zu glühen, und draußen waren fröhliche Rufe zu hören. Er setzte sich verwundert auf und sah, dass vor dem Haus der erste Skiwettlauf des Winters ausgetragen wurde.

»Tonnen, Wonnen, Sonnen, Otto hat gewonnen!«

»Noch mal! Diesmal nehmen wir eine Strecke, auf der es auch eine Abfahrt gibt! Da schlage ich Otto!«

In bester Laune aß der Weihnachtsmann den kalt gewordenen Brei, den die Wichtel ihm übrig gelassen hatten. Es freute ihn, dass seine kleinen Helfer ihr Vergnügen hatten. Man konnte nicht immer nur arbeiten, selbst wenn es noch so viel zu tun gab. Wenn die Wichtel tagaus, tagein genäht, geschnitzt und gebastelt hätten, wäre ihnen die Freude an der Arbeit bald abhandengekommen. Manchmal musste man sich ein wenig Spaß gönnen, und nach Spaß klang der Skiwettlauf der Wichtel allemal.

Die Wichtel waren bereits am Berghang, als der Weihnachtsmann aufgegessen hatte und sich anzog. Er drückte frisches Heu mit den Händen, bis es weich wurde, stopfte es in seine Winterstiefel und zog sie an. Das weiche Heu hielt die Füße angenehm warm. Dann suchte er die Beinlinge aus Fell heraus und wickelte sie um seine Hose. Ein aus rotem Garn gewebtes Band sorgte dafür, dass sie nicht verrutschten. Zufrieden ging der Weihnachtsmann in seiner Stube auf und ab. Wenn man richtig gekleidet war, machte es Spaß, über den Neuschnee zu gleiten. Die Pelzjacke an, eine Mütze auf den Kopf und warme Fäustlinge an die Hände, dann war der Weihnachtsmann zum Aufbruch bereit.

Sampo Lappalainen freute sich über seinen Besuch.

»Ich dachte mir schon, dass du kommst. Nach dem Schnee gab es in den frühen Morgenstunden ein ganz besonders prächtiges Polarlicht. Wenn es aufflammt, muss ich immer an dich denken. Weißt du was? Als ich klein war und mit meinen Eltern in einer Lappenhütte wohnte, erzählte man sich von himmlischen Feuerfüchsen, die so ungebärdig am Himmel laufen, dass bei jedem Schwanzwedeln Funken sprühen, die die Menschen erfreuen und wundersame Dinge geschehen lassen.«

»Was die wundersamen Dinge angeht, stimme ich dir zu, aber bei den Füchsen bin ich mir nicht sicher«, antwortete der Weihnachtsmann nachdenklich und strich über seinen Polarlichtstein. »Wie geht es den Kälbern?«

»Sie sind groß und prächtig geworden. Die Zaubertrommel prophezeit immer deutlicher, dass sie fliegen können, und das mittlere ist auch schon einmal kurz durch die Lüfte gesaust. Ich glaube, in einem Monat, wenn Weihnachten ist, sind sie alle drei stark genug, um einen Schlitten durch die Luft zu ziehen.«

»Das ist ja wunderbar! Dann können wir also drei Schlitten mit den Geschenken beladen. Das Zauber-Ren zieht mich im vierten Schlitten, dann kommen wir geschwind voran. Ach, wenn nur alles gut geht!«

»Wenn der große Tag kommt, kannst du die Rentiere gleich morgens zu dir holen, während die Wichtel die Schlitten beladen. Dann wartet ihr dort auf die Zauberkraft und das Wunder der Weihnacht. Nur noch einen Mond, dann ist es so weit!«

Der Weihnachtsmann bemühte sich, die gleiche Freude zu empfinden wie Sampo, doch ihn beschlich eine düstere Vorahnung. Er hatte das Gefühl, dass der Staalo ihm Schwierigkeiten bereiten würde.

16

In den letzten Wochen vor Weihnachten gab es so viel zu tun, dass der Weihnachtsmann keine Zeit hatte, über die Absichten des Staalo nachzudenken. Er musste gemeinsam mit Sampo das Zaumzeug der Rentiere überprüfen, die Rückwände der Schlitten reparieren und bemalen, Glöckchen an den Weihnachtspelz nähen und Leckerbissen zubereiten, mit denen er an Weihnachten die Tiere des Waldes erfreuen wollte. Die Hausmutter kochte mit roten Wangen Brei, und die Wichtel liefen geschäftig zwischen Haus und Speicher hin und her.

Endlich kam der große Tag. An diesem Morgen wurde der Weihnachtsmann als Erster wach, warf die Decke beiseite, stand auf und lief barfuß zur Tür. Er schob sie auf und atmete tief ein. Doch statt frischer Frostluft strich eine laue, feuchte Brise herein. Über dem Schnee waberte grauer, nebliger Dunst. Der Weihnachtsmann sah besorgt zum Berg Korvatunturi auf. Dann riss er sich zusammen und beschloss, so energisch zu sein, dass er seine bösen Ahnungen darüber vergaß. Heute musste einfach alles gelingen, es war doch Weihnachten.

»Aufgewacht, Onni und Oiva, Otto und alle anderen Wichtel! Kyksi, Krähen, aufwachen! Wach auf, Hausmutter! Es ist Weihnachten. Schnell gegessen und dann an die Arbeit! Wichtel, ihr überprüft die Säcke mit den Geschenken und tragt sie vor den Speicher, die

Hausmutter kocht inzwischen den Brei, und die Krähen fliegen zu Sampo und den Rentieren und sagen Bescheid, dass ich bald komme.«

»Pju! Und was ist mit mir? Ich habe das Gefühl, dass ich jetzt endlich zu Heldentaten bereit bin.«

»Liebe kleine Kyksi, warte du nur ruhig hier im Haus. Vielleicht vollbringst du irgendwann Heldentaten. Jetzt eilt es, Wichtel! Zieht die Stiefel an und setzt euch die Zipfelmützen auf!«

So hektisch wie an diesem Morgen war es in dem Haus am Korvatunturi noch nie zugegangen. Kyksi flatterte hierhin und dorthin, die Wichtel liefen zwischen Haus und Speicher hin und her, die Hausmutter trug klappernde Schüsseln und klirrende Löffel zum Tisch, und mittendrin ächzte der Weihnachtsmann.

»Wieso ist der Weihnachtspelz dermaßen eingelaufen? Der Gürtel will und will nicht zugehen. Komm, Onni, hilf mir mal. Zieh nur, zieh, er muss passen. Na also!«

Der Weihnachtsmann aß im Stehen, und auch die Wichtel schlangen den Brei hastig hinunter. Nur die beiden Krähen saßen in aller Ruhe vor ihren Portionen. Sie wussten, dass sie auf dem Luftweg viel schneller bei Sampo ankommen würden als der Weihnachtsmann, mochte er auf seinen Skiern auch noch so schnell laufen.

Als der Weihnachtsmann die Skier anschnallte, wurden im Speicher gerade die letzten Geschenke in Säcke gepackt. Er zog die Fausthandschuhe an und lief los. Der Schnee fühlte sich klebrig an, als er den Weg zum Korvatunturi einschlug. Er wollte den Berg bis zur halben Höhe erklimmen und dann seitlich hinunterfahren zum schneebedeckten Sumpf, von dort über den kleinen Hügel zum nächsten Sumpf, hinter dem Sampos Haus stand. Die Strecke war angenehm zu laufen, wenn nur das Wetter mitspielte.

Der Weihnachtsmann hielt an und sah zum Himmel hinauf. Irgendetwas Merkwürdiges lag in der Luft. Es wurde rasch wärmer, die Temperatur stieg über den Nullpunkt. Der Schnee klumpte unter den Skiern; es wurde immer schwieriger, zu laufen. Dann erhob sich ein seltsamer Wind, der süßlichen Gestank und merkwürdige Geräusche herantrug. Bei jedem Schritt blieb nasser Schnee an den Skiern hängen, und nicht einmal bergab konnte man Tempo machen.

Der Weihnachtsmann blieb erneut stehen, keuchte und stützte die Hände auf die Knie. Bei diesen Schneeverhältnissen würde er lange unterwegs sein, doch zum Glück war es noch nicht eilig. Er blickte wieder zum Himmel und sah, dass von Norden her eine dicke schwarze Wolke herankam. Sie näherte sich rasend schnell und schien dann genau über dem Gipfel des Korvatunturi stehen zu bleiben. Es donnerte, und dann zuckte ein Blitz.

Wie merkwürdig! Mitten im Winter zog ein Gewitter auf und entlud sich haargenau über dem Korvatunturi. Verwundert sah der Weihnachtsmann, dass sich ein Wirbelwind aus der schwarzen Wolke löste, sich bergab wandte und dann mit rasender Geschwindigkeit auf ihn zukam.

Nun begriff der Weihnachtsmann endlich, dass dies kein gewöhnliches Gewitter war. Er nahm die Skier unter die Arme und versuchte, davonzulaufen, doch der Schnee war so weich, dass er bis über die Knie einsank. Der schwarze Wirbel stürmte auf ihn zu und umkreiste ihn, als wolle er ihn foppen. Wohin sich der Weihnachtsmann auch wandte, der Wirbelwind warf sich vor ihn wie bei einem grausamen Reigenspiel. Schließlich blieb der Weihnachtsmann erschöpft stehen, warf die Skier weg und ließ den Wind herankommen.

Die Welt drehte sich rauschend um ihn, als er hoch hinauf in die schwarze Wolke getragen wurde. Der Wirbelwind schleuderte ihn in die Luft, ließ ihn fallen und fing ihn wieder auf. Er schüttelte, drehte, beutelte und rüttelte den Weihnachtsmann, als wäre er nur eine willenlose kleine Meise. Kraftlos schaukelte der Weihnachtsmann in dem Wirbel, bis er schließlich auf dem Gipfel des Korvatunturi abgesetzt wurde.

Dort erwartete ihn derjenige, den er lieber vergessen hätte. Der Staalo lachte unbändig. Der Weihnachtsmann sah ihn an und fuhr zusammen. Er hatte angenommen, der Herrscher über die Trolle sei hässlich und wild, doch der Staalo war ein prächtiges, starkes Geschöpf. In seinen Augen blitzten schwarze Sterne, und seine Schultern waren so breit, dass der größte Rentierbock auf ihnen hätte ruhen können wie ein neugeborenes Ren. Die schwarzen Haare des Staalo wehten im Wind, und mit seiner großen, starken Pranke hob er den Weihnachtsmann auf wie ein kleines Kind. Der gefürchtete Staalo stand auf dem Gipfel des Korvatunturi, hielt den Weihnachtsmann in den Händen und brüllte vor Lachen.

»Haha, Weihnachtsmann! Du bist ganz schön geflogen, wie? Deine Zauberkräfte haben dir nicht geholfen. Du nimmst mir den kleinen Scherz mit dem Wirbelwind hoffentlich nicht übel. Ich wollte dich hierherholen, denn ich habe dir einen Vorschlag zu machen.«

Der Weihnachtsmann sah den Staalo entgeistert an. Der schlug ihm so kräftig auf die Schultern, dass er wankte.

»Du hast nur einmal im Jahr Zauberkraft, stimmt's? Sieh mich an, Weihnachtsmann. In meinen Augen flackert jeden Tag die Zauberkraft der schwarzen Sterne.«

»Ich sehe es«, antwortete der Weihnachtsmann, vom blendenden Blick des Staalo gebannt. Als der Staalo sich zu ihm hinabbeugte, nahm er einen seltsamen süßen Geruch wahr. Der Staalo fasste den Weihnachtsmann an den Schultern und sprach auf ihn ein. Seine tiefe Stimme schien den Weihnachtsmann zu verzaubern.

»Es muss schwer sein, das ganze Jahr nur auf diesen einen Moment der Zauberkraft zu warten. Ein einziger Tag für dich, und mir gehört die Kraft der schwarzen Sterne jeden Tag. Das alles könnte dein sein«, flüsterte der Staalo. »Du brauchst nur auf die Zauberkraft des Polarlichts zu verzichten, Weihnachtsmann. Hör mir zu, und nimm das Funkeln der schwarzen Sterne entgegen. Komm zu mir und werde mein Kumpan. Gib mir den Stein, den du am Hals trägst, dann brauchst du dir nie mehr über irgendetwas Sorgen zu machen.«

Der Weihnachtsmann sah die lockenden Augen des Staalo und spürte dessen starke Hand auf seiner Schulter. Er hörte die ersten seltsamen Töne eines fremdartigen Zauberspruchs und versank im verführerischen Glanz der Augen des Staalo. Vielleicht war der Staalo gar nicht schrecklich und böse, sondern prächtig und stark. Der Weihnachtsmann schaute tiefer in die schwarzen Augen und dachte, dass der Staalo vielleicht ein guter Gefährte werden könnte und dass er immerzu in diese schwarz funkelnden Augen blicken wollte. Was bedeutete ein Stein am Hals, wenn man stattdessen die Kraft des Staalo um sich spüren konnte? Der Zauber des Polarlichts wirkte nur eine Nacht lang, die Kraft des Staalo dagegen jeden Tag. Der Weihnachtsmann wurde von den betörenden Tönen des Zauberspruchs eingesponnen. Er fühlte sich schwach und schloss die Augen. Um ihn herum erhob sich ein großer Sturm.

Der Wind heulte, der Schnee stob summend auf, und der Wirbelsturm rauschte in der Wolke und lullte ihn immer tiefer ein. Da hörte er plötzlich in all dem Heulen und Rauschen ein leises Geräusch. Ein heiseres Krächzen, das kaum zu verstehen war. Mit großer Anstrengung schlug der Weihnachtsmann die Augen auf und sah, dass die Krähe hartnäckig versuchte, durch den Sturm hindurch zu ihm zu gelangen.

»Weihnachtsmann!«, rief sie. »Gib nicht auf, Weihnachtsmann, das darfst du ein für alle Mal nicht tun. Denk an die Wichtel, denk an mich, denk an die Kinder, die auf dich warten.«

Mehr konnte die Krähe nicht sagen, denn der Wirbelwind packte sie, riss sie mit sich und trug sie weit hinter die Sümpfe.

Doch mehr brauchte der Weihnachtsmann auch nicht. Die Krähe hatte es geschafft, ihn an seine große Aufgabe zu erinnern, die wichtiger war als alles andere. Das wahre Licht strahlte aus den Augen der Kinder, denen er an Weihnachten die Botschaft der Freude und des Friedens bringen durfte. Der Weihnachtsmann erinnerte sich an die fröhlichen Gesichter der braven Kinder, er erinnerte sich an all die guten Taten, die er in sein schwarzes Buch geschrieben hatte, und er erinnerte sich daran, wie sich echte Zauberkraft anfühlte. Eine einzige Nacht mit der Zauberkraft des Polarlichts war größer und mächtiger als das Flackern der schwarzen Sterne.

Der Weihnachtsmann schüttelte sich, als sei er aus einem tiefen Schlaf erwacht, und wandte sich dem Staalo zu.

»Ich tausche das Polarlicht nicht gegen deine Lügen. Niemals!«

Da verzog sich das schöne Gesicht des Staalo. Sein trügerisches Lächeln wurde zur bösen Grimasse, und er schüttelte brüllend die Fäuste. Die Enttäuschung darüber, dass sein Zauberspruch doch nicht stark genug gewesen war, brachte ihn in Rage.

»Na gut!«, schrie er. »Dann möge der Kampf beginnen.«

Der Sturm packte nun den Pelz des Weihnachtsmannes. Doch der Weihnachtsmann stemmte sich entschlossen dagegen und blickte dem Staalo fest in die Augen. Dieser starrte zurück, und so standen sie sich gegenüber, wortlos, ohne sich zu rühren, dabei aber so hart kämpfend, dass beiden der Schweiß ausbrach.

Auf dem Gipfel des Korvatunturi führten sie ihren stummen und reglosen Kampf. Sturmwolken umkreisten sie, Blitze zuckten, und der Donner rollte über die Fjells. Stunden vergingen, und immer noch maßen sie ihre Kräfte. Da erklangen von Norden her schrille Rufe und dröhnende Schritte.

»Jetzt besiege ich dich«, fauchte der Staalo. »Meine Trolle kommen. Gegen ihre Übermacht kommst du nicht an.«

Das Geschrei der Trolle wurde von Minute zu Minute lauter. Nun konnte der Weihnachtsmann die herannahende wilde Schar bereits sehen. Es waren mehr Trolle, als er sich je hatte vorstellen können.

Die Trolle hatten einen langen, anstrengenden Marsch hinter sich, doch sie verspürten keine Müdigkeit. Sie verspürten weder Kälte noch Durst, nahmen sich nicht einmal gegenseitig wahr, denn durch ihre Adern strömte der Zaubertrank, den der Staalo den ganzen Herbst lang gekocht und nun seinen Trollen eingeflößt hatte.

Die Kleinriesin hatte als Letzte in der langen Schlange der Trolle gestanden. Sie hatte entsetzt gesehen, was der Zaubertrank mit den Trollen machte. Ein paar Tropfen von dem grünlich leuchtenden Gebräu verwandelten selbst den scheuesten Kleintroll in ein wütend fauchendes Raubtier, das außer dem Staalo und seinen Befehlen nichts mehr sah und hörte. Diejenigen, die sich sträubten, wurden gefesselt und gezwungen, eine größere Dosis zu schlucken, und nach einigen qualvollen Atemzügen schworen auch sie dem Staalo unbedingte Treue. Die Kleinriesin sah sich nach einem Fluchtweg um, doch der Eingang zur Höhle war versperrt. Bald würde sie vor dem Staalo und seinem Zaubertrank stehen.

Die Kleinriesin fürchtete sich. Von dem Getränk war nur noch eine Tasse voll übrig, doch es sprudelte und blubberte unheilverkündend. Als der Staalo in seiner ganzen schwarzen Macht zu ihr trat, wurde der Kleinriesin schwindlig. Der Staalo sah ihr mit stechendem Blick in die angstvoll aufgerissenen Augen und zischte:

»Wie machen wir es, Kleinriesin? Freiwillig oder mit Gewalt?«

Da die Kleinriesin gesehen hatte, wie hart der Staalo mit denjenigen umsprang, die sich wehrten, öffnete sie wortlos den Mund. Als der Staalo ihr den Becher mit der letzten Portion des Zaubertranks an die Lippen hielt, stieg von unten eine große Blase auf, die an der Oberfläche platzte und grünen Rauch freisetzte. Die Kleinriesin wimmerte unwillkürlich. Da goss ihr der Staalo die ganze Portion auf einmal in den Hals, und sie schluckte hustend. Das Gebräu brannte ihr in der Kehle, und sie spürte, wie es immer weiter nach unten floss. Sie hielt den Atem an, doch die Flüssigkeit näherte sich unaufhaltsam ihrem vor Angst hämmernden Herzen. Ihre Panik wurde immer größer, aber dann setzte plötzlich die Wirkung des Zaubertranks ein: Eine gewaltige, brennende Leidenschaft erfasste ihren Körper, und die Kleinriesin vergaß alles andere. Es gab nur noch den mächtigen Staalo, zu dessen Füßen sie sich niederwarf, nur noch sein dumpfes Lachen in den Ohren und seinen Befehl, dessen Befolgung die riesige Schar der Trollkrieger einmütig und stark machte. »Auf in den Kampf, der Staalo befiehlt!«, riefen die Trolle wie aus einem Mund, und am lautesten erschallte die Stimme der Kleinriesin.

Nun liefen sie, waren die ganze Nacht gelaufen. Die Kleinriesin rannte allen anderen voran, stolz auf ihre Kräfte, mit denen sie dem Staalo dienen würde. Der Staalo war bereits mit dem Sturm auf den Korvatunturi geflogen. Er hatte nach seinen Kriegern gerufen, und nun waren sie ihm schon ganz nah. Die Kleinriesin eilte mit langen Schritten voran. Sie lief um die Wette mit einem keuchenden massigen Höhlentroll, der ihr vage bekannt vorkam. An die Fersen der beiden hatte sich ein Dunkeltroll mit schwarzen Augenbrauen geheftet. Sie erkannten sich nicht mehr. Die einzigen Dinge, die für sie zählten, waren das Brennen des Zaubertranks und die Befehle des mächtigen Staalo. Jeder wollte der Erste sein, der vor dem Staalo stand, der stärkste und beste seiner Krieger, und deshalb rannten sie immer schneller.

Der Weihnachtsmann sah, welcher Rausch die Trollschar erfasst hatte, und wusste sofort, dass er dagegen machtlos war. Aber wer konnte ihm helfen? Wer würde es wagen, die Trolle anzugreifen?

»Staalo, das kannst du nicht tun. Schick deine Trolle zurück, lass mich gehen, und gönne den Kindern ihr Weihnachten. Noch kannst du den Rückzug antreten und in Frieden auf deinem Berg leben.«

Der Staalo drehte sich erbost zum Weihnachtsmann um.

»Ich soll mich ausgerechnet in dem Moment zurückziehen, da mir der Sieg gewiss ist?«

Seine Augen sprühten Funken, und seine Miene wurde immer grausamer und wütender.

»Du wirst dich zurückziehen, Weihnachtsmann, und ich sperre dich für den Rest deines langen Lebens in dein elendes kleines Haus!«, brüllte er. »Trolle, stürzt euch auf den Weihnachtsmann!«

Die Trolle kamen brüllend, knurrend und fauchend näher. Der Weihnachtsmann bebte vor Angst, doch da schien sich plötzlich alles zu wenden. Als die Trolle den Gipfel des Korvatunturi fast erreicht hatten, hörte der Weihnachtsmann das erste Glöckchen bimmeln. Es war ein schöner und vertrauter Klang. Er kannte ihn von den kleinen Schellen, mit denen die Weihnachtswichtel ihre Jacken schmückten, und nun schien ihn dieses Bimmeln von allen Seiten zu umgeben. Der Weihnachtsmann wollte seinen Augen nicht trauen, als eine riesige Schar von Wichteln heranstürmte und den Trollen den Weg abschnitt. Die Weihnachtswichtel hatten sich heimlich angeschlichen und eilten nun dem Weihnachtsmann zu Hilfe.

»Halt noch einen Augenblick durch, Weihnachtsmann!«, rief ihm Onni zu.

»Wir erledigen die Trolle, konzentrier du dich auf den Staalo«, fügte Oiva hinzu.

Im nächsten Moment trafen Wichtel und Trolle aufeinander. Die fauchenden Trolle schubsten und stießen, schlugen und traten die Wichtel, die hin und her flitzten und versuchten, die Trolle mit den starken Schnüren, die sie mitgebracht hatten, zu fesseln. Fußfesseln brachten viele Trolle zu Fall, und viele nagten wütend an den Schnüren um ihre Arme. Aber die Überzahl der Trolle war zu groß, und die Wichtel mussten bald feststellen, dass sie unterlegen waren. Der Weihnachtsmann sah, wie Onni in den Schnee gestoßen wurde, und viele andere Wichtel hielten sich klagend den Kopf oder die Seite.

Der Staalo lachte böse.

»Da siehst du es, Weihnachtsmann, deine Wichtel können gegen meine Trolle nichts ausrichten. Gib endlich auf! Mich und meine Helfer wirst du nie besiegen!«

Der Weihnachtsmann sah sich hastig um. Nur noch wenige Wichtel kämpften gegen die meckernd lachenden Trolle. Ein großer Troll schlug Oiva so fest gegen das Kinn, dass der treue Wichtel neben Onni ohnmächtig in den Schnee fiel. Nachdem sie die Wichtel besiegt hatten, scharten sich die Trolle zusammen und näherten sich dem Weihnachtsmann. Es wurde vollkommen still, doch dann war plötzlich von unten ein wütender Ruf zu hören.

»Hände weg vom Weihnachtsmann! Hier kommt der nächste Hilfstrupp!«

Der Weihnachtsmann war verblüfft. Wer konnte das sein? Alle Weihnachtswichtel waren doch schon geschlagen. Im Zwielicht waren die Ankömmlinge nur undeutlich zu erkennen, doch sie sahen aus wie Wichtel. Sie trugen auch Stiefel und Zipfelmützen wie die Weihnachtswichtel. Wo kamen sie her?

»Zum Angriff, Trolle!«, befahl der Staalo.

Erst jetzt sah der Weihnachtsmann, dass die Kleidung der herbeieilenden Wichtel nicht rot war wie die der Weihnachtswichtel, sondern die verschiedenen Grüntöne des Waldes aufwies.

»Waldwichtelinnen! Danke, dass ihr mir helft. Ihr habt versprochen, im Notfall zu kommen, und jetzt werdet ihr wirklich gebraucht.«

Und wieder kämpften Wichtel und Trolle. Der Staalo stand im Hintergrund und unterstützte seine Kämpfer mit beschwörenden Zaubersprüchen. Bei jedem Wort bildeten sich in der Luft kleine bläuliche Dunstkringel, die die Trolle immer angriffslustiger zu machen schienen. Offenbar waren sie durch eine Zauberformel gebunden, die sie veranlasste, den blau schimmernden Dunst einzuatmen.

Der Weihnachtsmann stand unschlüssig da und sah, dass die Waldwichtelinnen allmählich unterlagen. Viele von ihnen lagen bereits leise stöhnend auf der Erde, und immer noch zauberte der Staalo seiner Truppe weitere

Kräfte an. Wie kann ich den Wichtelinnen gegen die Trolle helfen?, fragte sich der Weihnachtsmann ratlos.

Da spürte er, dass der Polarlichtstein an seinem Hals zu pulsieren begann. Er fühlte sich zuerst warm an, dann heiß, und schließlich brannte er so glühend auf seiner Haut, dass er ihn unter der Jacke hervorziehen musste.

Der Polarlichtstein glühte in sämtlichen Schattierungen von Blau und Hellgelb, er leuchtete und funkelte, und sein Licht brachte den Staalo zum Schwanken. Als der Staalo vergaß, seinen Zauberspruch aufzusagen, wurden die Trolle unsicher. Der Staalo sah nur noch den magischen Glanz des Steins, nichts anderes interessierte ihn mehr.

»Der Polarlichtstein! Gib ihn mir!«, rief er aufgeregt.

Das Licht des Steins ließ auch die Trolle schwanken. Sie hielten mitten im Angriff inne, und der eine oder andere schüttelte bereits verwirrt den Kopf, als sei er gerade aus dem Schlaf erwacht. Der Stein blinkte immer stärker, und als der grünliche Glanz blassrot wurde, standen alle Trolle still und verwundert da.

Die Kleinriesin war die Erste, die vom Bann des Staalo befreit wurde. Sie sah auf dem Berggipfel einen rot gekleideten, bärtigen Mann, auf dessen Brust ein seltsames Licht leuchtete. Plötzlich verloren der magische Dunst und der Zaubertrank ihre Wirkung. Verwundert schüttelte die Kleinriesin den Kopf und sah sich um. Überall standen verloren wirkende Trolle, die sich zu fragen schienen, wie sie auf diesen Berg geraten waren, weit weg von ihrer eigenen Höhle.

Die Kleinriesin sah, wie der letzte grünliche Dunstkringel aus den Nüstern des neben ihr stehenden Höhlentrolls glitt; gleich darauf blickten auch seine Augen wieder klar. Der Dunkeltroll schüttelte verblüfft den Kopf. Viele andere Trolle saßen ratlos im Schnee. Sie konnten nicht begreifen, wieso es ihnen gerade noch so selbstverständlich erschienen war, anzugreifen und zu kämpfen. Jetzt wollten sie nur noch fort, irgendwo in eine tiefe Höhle schlüpfen, wo sie in aller Ruhe ihr Trollleben führen konnten. Gekrümmt rannten sie davon.

Die Waldwichtelinnen brachen in Triumphgeheul aus.

»Wir haben gesiegt! Die Trolle fliehen! Die Trolle sind geschlagen!«

Die Kleinriesin fasste den Höhlen- und den Dunkeltroll bei der Hand und lief mit ihnen den Berg hinunter.

»Horcht mal«, keuchte sie. »Neben den Wichteln hat der Weihnachtsmann noch andere Freunde, und die werden bald hier sein. Hört ihr die Rufe? Das sind wilde Rächer mit kalten Schnäbeln und harten Klauen. Alle Vögel Lapplands sind im Anflug, um uns vom Korvatunturi zu vertreiben, und sie drohen, uns jedes Haar einzeln von den Ohren zu rupfen.«

Mehr brauchte die Kleinriesin nicht zu sagen. Alle drei legten schleunigst die empfindlichen Ohren an und rannten schneller als je zuvor.

Die Kleinriesin, der Höhlentroll und der Dunkeltroll mit den schwarzen Augenbrauen waren die schnellsten Läufer in Staalos Truppe, denn der Staalo hatte seine drei stärksten Kämpfer härter trainieren lassen als die anderen. Daher überholten sie die anderen Trolle und vergrößerten den Abstand mit jedem Schritt, sodass sie dem heftigsten Angriff der Vögel entgingen. Nur die wütendste Eule setzte ihnen nach und riss jedem eine Wunde ins Ohrläppchen.

Die drei Freunde rannten, so schnell sie konnten. Hinter sich hörten sie die triumphierenden Rufe der Vögel, die Jagd auf die langsameren Trolle machten. Ein ganzer Schwarm von Adlern und Falken, Unglückshähern und Spechten, Birkhühnern und Auerhühnern setzte den wimmernden und heulenden Trollen zu.

»Gleich seid ihr eure Ohrhaare los!«, rief die weiße Schneeeule, die die fliegende Truppe anführte.

»Machen wir doch einen Wettbewerb!«, schrie ein kleiner Sperber. »Wer die meisten Ohrhaare sammelt, gewinnt!«

Die Vögel verfolgten die fliehenden Trolle und zupften und pickten mit ihren harten Schnäbeln an deren Ohren.

»Au, ich bin doch ganz brav. Ich lauf ja schon weg. Lasst meine Ohrhaare in Ruhe!«

Ein grauer Jagdfalke hielt ein dickes Büschel im Schnabel.

»He, ich hab schon Haare von einem Dutzend Trolle!«, nuschelte er und nieste.

»Pah, guck dir mal meine Beute an«, murmelte eine Dreizehenspechtin, deren Schnabel mit rauen Haaren gefüllt war.

Die Trolle rannten, so schnell sie konnten, und die Vögel setzten ihnen triumphierend nach.

»Ich weiß, ich weiß, du hast gewonnen, aber ich mag noch nicht aufhören«, erklärte ein Habichtskauz der neben ihm fliegenden Dreizehenspechtin und rupfte einem wimmernden Kleintroll das letzte Ohrhaar aus.

»Dreiundsechzig!«

»Siebenundsechzig bisher!«, jubelte die Dreizehenspechtin. »Und drauf! Das achtundsechzigste!«

Die Kleinriesin, der Höhlentroll und der Dunkeltroll wussten, dass sie glimpflich davongekommen waren. Sie liefen die ganze Nacht weiter, und als der Morgen dämmerte, zeichnete sich in der Ferne der Zauberberg des Staalo ab. Es war vollkommen still, aus dem Berg stieg kein einziges Rauchwölkchen mehr auf. Die drei Freunde waren die Ersten, ein Vortrupp, der entscheiden musste, was die später eintreffende Trollherde tun sollte.

Erschöpft und ratlos blieben die drei stehen.

»Zum Schluss hat er uns also den Zaubertrank eingeflößt«, dachte der Höhlentroll laut.

»Kein Wunder, dass ich wie ein Wahnsinniger in den Kampf gezogen bin«, brummte der Dunkeltroll.

»Aber jetzt ist der Zaubertrank weg, und sein süßlicher Geruch lockt keinen Troll mehr auf Abwege«, meinte die Kleinriesin. »Jetzt können alle in ihre eigene Höhle zurückkehren.«

»In ihre eigene Höhle können nur die zurück, die sich noch erinnern, wo sie früher gewohnt haben«, seufzte der Dunkeltroll bedrückt.

»Ich weiß auch nicht, wohin ich gehen soll«, klagte der Höhlentroll. »Wahrscheinlich gibt es viele obdachlose Trolle. Bald kommen sie scharenweise vom Korvatunturi, kläglich und mit schmerzenden Ohren. Heute ist kein guter Tag für den Stamm der Trolle.«

Die Trolle standen ratlos und niedergeschlagen in der Frostnacht und betrachteten den schroff aufragenden Zauberberg.

»Dahin gehen wir jedenfalls nicht. Dem Staalo will bestimmt keiner mehr dienen.«

»Und du, Kleinriesin? Du kannst ja jetzt in deine schöne Höhle zurück.«

Die Kleinriesin stand immer noch still da. Auf ihrem Gesicht lag ein seltsamer Ausdruck.

»Riecht ihr das?«, fragte sie. Ihre Nüstern bebten. »Es riecht süß und einladend, wie eine Prise von etwas unermesslich Herrlichem. Es kommt von Norden. Spürt ihr es?«

Die Trolle sahen sie besorgt an.

»Brodelt da etwa der nächste Zauberkessel?«

»Ihr müsst genauer schnuppern. An dem Geruch ist nichts Gefährliches, und der einzige Zauber, der dahintersteckt, ist ein uralter, ewiger Zauber. Der einzig richtige Zauber. Der einzige, den man sich wünschen kann.«

Die Trolle verstanden sie nicht. Sie schnupperten und schnupperten, doch sie rochen nur Schnee und Birken, den heißen Atem eines vorbeilaufenden Hasen und den Geruch von trockenem Heidekraut.

»Vielleicht ist dieser Geruch ja nur für mich bestimmt«, wisperte die Kleinriesin glücklich lächelnd. »Ich bin verliebt, darin besteht der Zauber. Irgendwo im fernen Norden lebt ein Riese, und er riecht so wundervoll, dass er mein Gefährte sein muss. Lebt wohl, Trollfreunde, ich breche jetzt auf, um mein Glück zu suchen.«

»Du gehst? Einfach so und jetzt sofort? Was wird denn aus deiner Berghöhlenwohnung, aus all den Gewölben und Mauern, von denen du uns erzählt hast?«

»Lasst ihr euch darin nieder, ich brauche sie nicht mehr. Wenn ich meinen Riesen finde, haben wir Zeit genug, das

prächtigste Höhlensystem zu bauen, in dem je ein Riese gelebt hat. Ich bin ja noch jung, die besten Jahre, um kleine Riesen zur Welt zu bringen, liegen noch vor mir.«

»Und wie finden wir deine Höhlenwohnung?«

»Der Eingang liegt hinter dem viereckigen Stein da oben. In den Höhlen ist reichlich Platz, ihr könnt alle obdachlosen Trolle dort aufnehmen. In den Gängen und Sälen würden sich Felszeichnungen gut machen. Das wäre doch etwas für dich und deinen Familienzweig, Höhlentroll. Und im unteren Hauptsaal könntet ihr jeden Abend ein Feuer für eure Tänze anzünden, Dunkeltroll. Die scharfäugigen Dunsttrolle müssten aufpassen, was der Staalo treibt, und die Kleintrolle sind doch lustige Kerlchen. Ihr findet bestimmt alle Platz.«

Die Trolle nickten. Das großherzige Angebot der Kleinriesin rührte sie, und sie hätten ihr gern gesagt, wie viel es ihnen und den anderen obdachlosen Trollen bedeutete, doch die Kleinriesin hatte es eilig. Sie lächelte den Trollen noch einmal zu und lief dann mit langen Schritten nach Norden.

17

Obwohl die Trolle vertrieben waren, stürmte es auf dem Korvatunturi immer noch. Der Weihnachtsmann war so erschöpft wie nie zuvor. Der Staalo war wild und stark, und der lange Kampf hatte den Weihnachtsmann alle Kraft gekostet. Nun waren nur noch sie beide übrig, der Staalo und er. Der letzte Kampf begann.

Der Weihnachtsmann sah den Staalo an, der angriffsbereit vor ihm stand. Der Bannzauber, den der Staalo ein ganzes Jahr lang geübt hatte, war nicht stark genug gewesen, um den Weihnachtsmann zu bezwingen, und die Trollschar hatte ihm auch nicht helfen können. Deshalb verließ er sich nun bei seinem letzten Versuch auf rohe Gewalt, stürmte mit ausgestreckten Armen auf den Weihnachtsmann zu und stieß ihn in den Schnee. Mit aller Kraft hielt er ihn am Boden, riss seine Jacke auf, zerfetzte sein Hemd, schnappte die Kette mit dem Polarlichtstein und zog sie dem Weihnachtsmann über den Kopf. Zu seinem Entsetzen sah der Weihnachtsmann seinen kostbarsten Besitz in der Hand des Staalo.

»Na also, endlich«, triumphierte der Staalo. »Jetzt kannst du von mir aus gehen, denn der Sieg ist mein. Sobald dieser Stein um meinen Hals hängt, vergisst das Polarlicht dich und macht endlich mich zu seinem Liebling. Ohne den Stein hast du keine Zauberkraft mehr. Ich dagegen werde all die Kraft besitzen, die das

Polarlicht dir gegeben hat. Du bist von nun an klein und machtlos. Ohne Zauberkraft kannst du nichts weiter tun als in deiner albernen Stube hocken und beobachten, wie die lächerlichen Geschenke, die deine blöden Wichtel gebastelt haben, vor sich hin modern. Die guten Taten oder Wünsche der Kinder haben nichts mehr zu bedeuten, denn die Kinder werden dich nie mehr zu Gesicht bekommen. Endlich habe ich allein alle Zauberkräfte, und ich bestimme, dass es von nun an kein Weihnachten mehr gibt. Schluss, aus!«

Der Weihnachtsmann wusste, dass er geschlagen war. Er streckte den Arm nach dem Stein aus, doch der schadenfroh grinsende Staalo hielt die Kette hoch über seinen Kopf. Alles war verloren, Weihnachten war nicht mehr zu retten. Der Staalo ließ die Kette gerade so hoch über ihm baumeln, dass der Weihnachtsmann nicht herankommen konnte. In dem Moment hörte der Weihnachtsmann den letzten guten Wunsch eines Kindes, den eine einsame Schneeflocke ihm zutrug, und spürte, wie sein Herz brach. Würden die Kinder von nun an vergeblich hoffen?

Doch plötzlich hörte er noch etwas anderes. Ein kleines, wild entschlossenes Wesen näherte sich. Sein Herz pochte heftig, und seine Flügel schlugen mit aller Kraft, als es sich zum Gipfel des Berges hinaufkämpfte. Der Weihnachtsmann hörte, wie der Ankömmling sich Mut zuflüsterte.

»Jetzt darf ich nicht kneifen, obwohl ich furchtbare Angst habe. Ich muss weiter, ich muss es schaffen, denn jetzt ist der Moment der Heldentat gekommen, auf die ich mich so lange vorbereitet habe. Ich habe entsetzliche Angst, aber ich muss es tun.«

Der Weihnachtsmann sah die kleine Sumpfmeise, die mit allen Kräften die Flügel schlug, um es bis nach oben zu schaffen. Ein Windstoß kam ihr zu Hilfe und trug sie ein gutes Stück höher. Erst da begriff der Weihnachtsmann, dass die kleine Kyksi zitternd, aber unbeirrbar auf den riesigen Staalo zuflog.

»Jetzt darf ich nicht zögern, ich muss angreifen«, wisperte Kyksi mit bebender Stimme.

Der Staalo lachte boshaft und hob die Hand noch höher, und der Weihnachtsmann sah, dass sich allmählich kalter Reif auf den Stein legte. Dann machte der Staalo, immer noch lachend, Anstalten, sich die Kette des Weihnachtsmannes umzulegen. Der winzigen Sumpfmeise schenkte er keine Beachtung.

Da beschleunigte ein zweiter Windstoß Kyksis Flug. Sie legte ihre Flügelchen zum Sturzflug an und schoss wie ein Pfeil auf den Staalo zu. Verblüfft sah der Staalo, wie der spitze schwarze Schnabel der Sumpfmeise ihm den Polarlichtstein aus der Hand nahm. Dann flog der Vogel einen kleinen Kreis und ließ den Stein direkt in die Hand des Weihnachtsmannes fallen. Rasch schloss der Weihnachtsmann seine Faust und spürte, wie die Wärme seiner Hand den Reif auf dem Stein zum Schmelzen brachte.

Der Staalo brüllte vor Wut und fuhr mit seinen großen Pranken durch die Luft. Kyksi unternahm hastige Ausweichmanöver, flog hierhin und dorthin, flatterte mit ihren kleinen Flügeln und schlüpfte dem rasenden Staalo durch die Finger, einmal, zweimal – doch beim dritten Mal entkam sie ihm nicht. Die starke Pranke schnappte Kyksi mitten im Flug und drückte zu. Ein böses, widerliches Knacken war zu hören.

Der Weihnachtsmann kniete erschöpft im Schnee und hängte sich die Kette um. Da flammte der erste Schimmer des Polarlichts auf. Es zuckte einmal, und der Weihnachtsmann stand auf. Ein zweites Zucken, und alle Müdigkeit fiel von ihm ab. Beim dritten Aufzucken erhoben sich die Wichtel aus dem Schnee. Sie blickten zum Himmel und sahen, wie sich das Polarlicht in seiner ganzen Pracht entfaltete. Nun spürte der Weihnachtsmann das überbordende, unermessliche, zaubermächtige Wunder, das ihm allein vorbehalten war und auf das er ein ganzes Jahr sehnsüchtig gewartet hatte. Das Polarlicht bedeckte nun den ganzen Himmel, und in seinem gewaltigen Glanz wurde der Staalo klein und kraftlos. Er heulte auf, warf den Vogel von sich und floh, vom Polarlicht gejagt, vom Korvatunturi. Er rannte die ganze Strecke bis zu seinem Zauberberg, vergrub sich in der tiefsten Höhle, um dem Zorn des Polarlichts zu entgehen, und beschloss, bis an sein Lebensende dortzubleiben.

Der Weihnachtsmann beugte sich zu dem Vögelchen hinunter und wischte sich die Tränen aus den Augen. Vorsichtig hob er Kyksi auf.

»Es tut weh. Weihnachtsmann, es tut so weh.«

»Pst, das Reden strengt dich an«, sagte der Weihnachtsmann unter Tränen.

»Es tut furchtbar weh. Aber ich war eine Heldin, nicht wahr?«

»Das warst du, tapfere Kyksi. Du warst die größte Heldin, die man sich vorstellen kann. Obwohl du solche Angst hattest, hast du kühn gehandelt.«

»Ja, ich war die kühne Heldin, die ich werden wollte. Und jetzt kann das Polarlicht kommen.«

Der Weihnachtsmann strich vorsichtig über den verdrehten Flügel des Vögelchens und hoffte, dass es bald von seinen Qualen erlöst werden würde. Er hoffte von ganzem Herzen, Kyksi möge nicht merken, dass das Polarlicht nicht ihretwegen gekommen war.

»Heb mich jetzt hoch, zum Himmel hin«, forderte Kyksi.

Der Weihnachtsmann betrachtete das winzige Bündel, unterdrückte ein Schluchzen und legte Kyksis zerquetschten Körper auf seine Handfläche. Kyksi stöhnte leise und seufzte dann.

»Höher, sonst sieht das Polarlicht mich nicht.«

Und der Weihnachtsmann hob die Hand, so hoch er nur konnte, weinte lauthals und hörte die Wichtel schluchzen. Er dachte an all das Schöne, das Kyksi getan hatte. Er dachte an all das Gute, das er selbst dank des Polarlichts hatte tun dürfen. Und an die Kinder, die in Erwartung des Weihnachtswunders ihren Streit begruben, Gutes taten und freundlich von ihren Mitmenschen dachten. Ach, wenn diese guten Gedanken Kyksi doch ihre letzten Minuten erleichtern würden.

Da zischte es am nördlichen Himmel. Das Polarlicht kehrte vom Zauberberg zurück, so stürmisch, dass wogende, flackernde und sprühende Farben am Himmel aufleuchteten. In Gedankenschnelle eilte es zum Korvatunturi, und der Weihnachtsmann spürte, wie sich seine Trauer in die herrliche Freude verwandelte, mit der er den wundersamen Glanz des Polarlichts immer begrüßte.

Der Weihnachtsmann stand auf dem Gipfel des Korvatunturi und streckte die Hand in die Höhe. Er hoffte so inständig, wie er nie zuvor gehofft hatte. Auf seiner Hand

machte die zerquetschte Sumpfmeise, die winzige, tapfere Heldin ihre letzten Atemzüge.

Das Polarlicht weiß echte Helden zu erkennen und schaut nicht auf die Größe. Es ist selbst so groß und mächtig, dass vor ihm jeder nur ein kleines graues Bündel ist. Das Polarlicht sah in Kyksis Brust das Herz einer Heldin, und deshalb flammte es bis zur Erde hinab, umgab den Weihnachtsmann und die kleine Kyksi mit seinem Glanz und nahm das glücklich seufzende Vögelchen sanft von der Hand des Weihnachtsmannes.

»Nun gehe ich als Heldin mit dem Polarlicht, Weihnachtsmann. Trauert nicht um mich. Ich habe meine Aufgabe erfüllt und darf mich jetzt ausruhen. Leb wohl, Korvatunturi. Ich bin so glücklich.«

Und so verschwand Kyksi. Ein Flackern, und das Polarlicht trug sie davon, weit weg, hinter andere Himmel. Der Weihnachtsmann blieb bestürzt stehen und sah, wie langsam eine einzelne graue Feder herabschwebte. Sie schaukelte leicht durch die Luft, ohne Eile, drehte sich nach links und nach rechts, wirbelte verspielt im Kreis und drehte sich erneut. Vom Gipfel des Berges kam ein kleiner Windhauch, der die Feder erfasste und sanft zum nächsten Fjell trug.

18

Unten im Haus des Weihnachtsmannes wartete die Hausmutter mit wachsender Sorge. Der Weihnachtsmann und die Wichtel waren verschwunden, und auf dem Gipfel des Korvatunturi hatte es seit dem Vormittag gedonnert. Das war merkwürdig und sogar ein wenig unheimlich.

Als die Hausmutter die Tür zum Speicher öffnete, flog ein ganzer Haufen Holzspanvögelchen nach draußen in den kalten Schnee. Sie sahen aus, als würden sie frieren.

Es begann zu dämmern, und immer noch ließ sich niemand blicken. Bald kam die Zeit der Zauberkraft, aber wo waren die Rentiere, wo war der Weihnachtsmann? Warum waren die Wichtel nicht hier und luden die Säcke auf die Schlitten?

Die Hausmutter war kurz davor, die Hoffnung aufzugeben und dem Schicksal seinen Lauf zu lassen, riss sich dann aber doch zusammen. Da der Weihnachtsmann und die Wichtel nun einmal verschwunden waren, musste sie selbst tun, was sie konnte. Also zog sie sich die bunte Mütze tiefer in die Stirn und packte die Spanvögel in ihren Sack. Als der Sack voll und sorgfältig zugebunden war, versuchte sie, ihn auf den Hof zu tragen. Gerade in dem Moment spähte ein Fuchs aus der Tür der Pflegestube, der ihr flugs zu Hilfe eilte, und bald war eine ganze Schar von halbwegs wieder gesunden Waldtieren der Hausmutter behilflich.

»Wenn die Rentiere sich endlich herbequemen und der Weihnachtsmann rechtzeitig zurückkommt, um seine Aufgabe zu erfüllen, wird das Ganze zumindest nicht an meiner Faulheit gescheitert sein«, ächzte die Hausmutter, wischte sich den Schweiß von der Stirn und griff nach dem nächsten Sack.

Auch bei Sampo Lappalainen waren alle besorgt.

»Ich verstehe nicht, wo der Weihnachtsmann bleibt«, sagte das Zauber-Ren mit dem goldenen Geweih. »Hoffentlich hat das Gewitter, das dahinten über dem Korvatunturi steht, nichts damit zu tun.«

Am unruhigsten waren die Kälber. Sie scharrten mit den Hufen im Schnee, schüttelten ihre kleinen Hörner und blökten nervös. Die Rentierkühe redeten auf sie ein. Ihnen war ein wenig bange vor der ersten Reise ihrer Kälber.

»Versprich mir, dass du schön vorsichtig bist. Pass gut auf, wo du landest, damit du dir nicht die Läufe brichst.«

»Und du, stell keine Geschwindigkeitsrekorde auf, sondern tu, was dein Vater dir sagt. Er bestimmt das Tempo.«

»Komm, ich will dir noch ein Küsschen geben. Ach, wie aufgeregt ich bin, liebe Kälbchen.«

»Meine lieben Kühe, seid so gut und tretet ein Stück zurück. Mit eurem Gerede macht ihr die Kälber ja ganz nervös. Noch ein Stück weiter, bitte.«

Sampo zog das Zaumzeug zurecht. Dann sah er am Horizont das Polarlicht aufflammen und wusste, dass es nun losging.

»Jetzt müssen wir aufbrechen, ich spüre die Zauberkraft schon aufsteigen«, sagte das goldgehörnte Rentier.

»Papa, ich spüre es auch!«

»Und ich! Ich auch! Es ist wie eine riesige Menge kitzelnde Blasen, die aufsteigen und mich hochheben – hui! Ich fliege!«

So flogen die Rentiere auf das Polarlicht zu. Den Kälbern bereitete es noch Schwierigkeiten, das Gleichgewicht zu halten.

»Kälbchen, setzt euch vorsichtig in Bewegung, dann kommt ihr nicht ins Kippen. Genau so, am Anfang langsam, dann allmählich schneller, und vergesst nicht, bei der Landung gut aufzupassen. Aber jetzt haben wir keine Zeit mehr zu verlieren. Wir fliegen über den Korvatunturi zum Haus des Weihnachtsmannes. Hoffentlich stehen die Schlitten bereit, sodass wir gleich weiterfliegen können. Hopp, hopp, Kälber, etwas schneller jetzt!«

Der Weihnachtsmann stand reglos auf dem Gipfel des Korvatunturi und starrte an den Himmel, in den das Polarlicht Kyksi davongetragen hatte. Er hörte immer noch ihre letzten Worte. »Ich bin so glücklich«, hatte die tapfere kleine Heldin geseufzt. Der Weihnachtsmann stand auf dem Fjell, die Kälte nahm zu, und hoch oben brachte das Polarlicht Kyksi in wundersame andere Himmel. Immer stärker pulsierte die Zauberkraft nun in den Adern des Weihnachtsmannes. Er warf den Kopf zurück und rief zum Himmel hinauf:

»Gute Reise, tapfere Kyksi! Ohne dich wäre alles verloren gewesen, aber dank deiner Heldentat können wir alle glücklich werden.«

Dann drehte er sich um und sah seine lieben Weihnachtswichtel vor sich stehen, die verwirrt und unruhig warteten, was als Nächstes geschehen würde. Sie erblickten den Weihnachtsmann in einem neuen Licht: In seinen Augen flammte die Glut des Polarlichts, und als sich das große, mächtige und unermesslich liebevolle Geschöpf mit dem weißen Bart zu ihnen hinabbeugte, spürte jeder Wichtel Liebe und Glück. Dies war der magische Moment der Weihnachtsnacht.

»Nun werde ich meine Aufgabe nie mehr vergessen. Diese wunderbare Macht, die mich dazu bewegt, den Kindern in aller Welt voller Freude das Weihnachtsglück zu bescheren, ist größer als alles andere. Ich bin glücklich, dass ich diese Kraft Jahr für Jahr empfangen darf. Aber jetzt wird es eilig, liebe Wichtel. Die Rentiere sind im Anflug, sie wollen schnell weiter.«

Auch die Wichtel sahen die goldenen Funken, die die Hörner des Rentiers im Flug versprühten, und den silbernen Glanz, den die ihm folgenden Kälber ausstrahlten. Die Rentiere landeten auf dem Gipfel des Korvatunturi, und der Weihnachtsmann sprang geschwind auf den Rücken des Zauber-Rens.

»Wir treffen uns unten am Haus!«

Die Wichtel erwachten wie aus einem seltsamen Traum und sausten bergab, die einen auf Skiern, die anderen laufend oder auf ihrem Hinterteil rutschend. Im Nu standen sie schneebedeckt und atemlos vor dem Speicher, wo die Rentiere bereits ungeduldig im Schnee scharrten.

»Die Säcke stehen ja schon bereit«, wunderten sich die Wichtel.

Da kam die Hausmutter aus dem Speicher. Schwer atmend schleppte sie den letzten Sack auf den Hof.

»Wie schön, dass ihr euch auch mal blicken lasst! Ich musste alle Säcke allein aus dem Speicher holen, während ihr euch da draußen herumgetrieben habt. Aber wenigstens kann keiner behaupten, ich hätte auf der faulen Haut gelegen!«

Lachend nahmen die Wichtel der Hausmutter den Sack ab und gingen daran, die vielen aufgereihten Säcke auf die Schlitten zu laden. Onni mit seinen geschickten Fingern zurrte die Säcke mit Seilen fest, damit sie auf der wilden Fahrt nicht von den Schlitten fielen, und Oiva leuchtete ihm mit einer Laterne.

Da klang von weither aus dem Wald ein heiserer Ruf.

»Wartet! Ihr dürft noch nicht aufbrechen!«

Am Waldrand erschien ein seltsames Wesen. Es hatte vier Beine, einen flauschigen weißen Pelz, graue Flügel und einen krummen Schnabel. Die verblüfften Wichtel glaubten, irgendein fremder Troll wolle sie angreifen, doch Oiva hatte bessere Augen als die anderen.

»Das ist die Krähe, und sie reitet auf einem Polarfuchs! Dass so etwas möglich ist, hätte ich nie gedacht«, sagte er ungläubig.

»Papa! Wie gut du reiten kannst!«

»Kraak! Ich komme! Ein verstauchter Flügel kann mich nicht aufhalten. Ich habe dem Polarfuchs befohlen, mich aufsitzen zu lassen, damit ich den Aufbruch des Weihnachtsmannes nicht verpasse!«

»Befohlen, puh!«, schnaubte der Polarfuchs verärgert. »Wir Polarfüchse lassen uns nichts befehlen. Manchmal bieten wir eventuell unsere Hilfe an, aber kommandieren lassen wir uns nie. Und für mich war es garantiert das letzte Mal, dass ich irgendwem Hilfe angeboten habe.«

Die Krähe löste ihre Zehen aus dem Rückenfell des Polarfuchses, der sich vor Ekel schüttelte. Wie der Blitz rannte der Polarfuchs ein Stück zurück und wälzte sich schimpfend im Schnee.

»Pfui Deibel, diese harten, kalten Zehen! Mein schönes Fell ist völlig durcheinander!«

»Danke, lieber Polarfuchs«, sagte der Weihnachtsmann freundlich. »Du warst ein Helfer in der Not. Ohne dich hätte die Krähe mit ihrem verstauchten Flügel wer weiß wie lange frierend im Wald gelegen.«

»Na ja, schon gut«, schnaubte der Polarfuchs, freute sich aber sichtlich über das Lob. »Solange es nicht zur Gewohnheit wird.«

Dann verschwand er blitzschnell im Wald.

»Jetzt sind alle Säcke mit den Geschenken verstaut und festgebunden. Alles ist fertig«, verkündete Onni stolz.

»Nur die kleine Kyksi fehlt«, flüsterte der Weihnachtsmann.

Er berührte den bebenden Stein an seinem Hals und sah zum Himmel auf. Alle anderen wandten den Blick in dieselbe Richtung. Das Polarlicht leuchtete strahlender als je zuvor, und ein tiefes Glücksgefühl erfasste alle.

Das Zauber-Ren schüttelte den Kopf und brummte ungeduldig. Da legte ihm der Weihnachtsmann die Hand auf den Hals und flüsterte ihm etwas ins Ohr. Als das Ren den Kopf hob und laut blökte, sprang der Weihnachtsmann in den Schlitten und ließ die Zügel fröhlich knallen. Mit einem Satz waren sie am Himmel. Die kleinen Rentiere folgten ihnen stolpernd und mit schwankenden Schlitten. Höher und höher stieg der Zug, dem Polarlicht entgegen.

Die Wichtel starrten voller Verwunderung und Freude an den Himmel, und die Tiere aus der Pflegestube schnurrten zufrieden. Jubelnd sahen die Wichtel, die Tiere und die Hausmutter, wie das Polarlicht leuchtete, wie der schneeweiße Bart des Weihnachtsmannes schimmerte, das Geweih des Zauber-Rens goldene Funken sprühte und die Flanken der Kälber silbern leuchteten.

Da schüttelte die Krähe ihre Flügel und riss ihren Krummschnabel weit auf. Sie sprang auf die Zehen, reckte den Hals und krächzte:

»Frohe Weihnachten, Weihnachtsmann, ein für alle Mal frohe Weihnachten auf der ganzen Welt!«